반
려
꽃
건

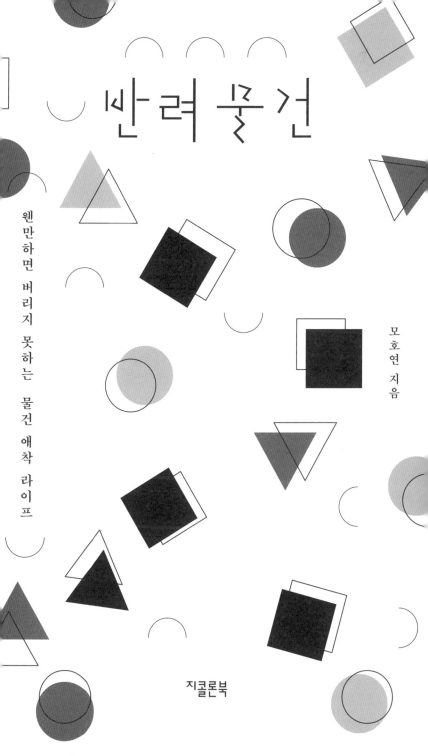

반려물건

웬만하면 버리지 못하는 물건 애착 라이프

모호연 지음

지콜론북

content

예쁜 물건은 쓸모 있다
왜냐하면 예쁘기 때문이다.

모으는 게 아니라 보관하는 겁니다
보관하다 보면 언젠가는 쓸 것이다.

버리지 못한 물건들
그래도 못 버렸다면 아직 쓸데가 있는 것이다.

나의 물건 연대기

물건의 과거는 그 물건을 가진 사람의 역사다.

빈티지를 사랑하는 사람

중고 물건에는 내가 모르는 사연이 있다.
그것이 중고 물건의 매력이다.

잘못 산 물건들

잘못 산 물건을 끌어안고 두고두고 후회한다.
그리고 같은 실수를 반복한다.

좋아하지만 가질 수 없어

사랑하기 위해, 그냥 바라만 본다.

선물, 가장 효과적인 물욕 해소법

당당하게 사고 싶다면 선물할 사람을 떠올리면 된다.
나중에 결국 내 것이 되더라도.

만남과 헤어짐의 미학

언젠가는 만나고, 또 언젠가는 헤어진다.

prologue

물건은 곧 삶에 대한 애착이다

　나는 물건에 집착한다. 매일 갖고 싶은 물건을 생각하고, 버리거나 바꾸어야 하는 물건들을 끌어안고 살고 있다. 한때 일본의 정리 전문가 곤도 마리에의 『설레지 않으면 버려라』에 감동하여 미니멀리스트를 꿈꾸었으나, 나를 설레게 하는 물건이 너무 많은 탓에 빠르게 실패를 인정해야만 했다. 미니멀 라이프는 아무래도 내 삶의 방식과 어울리지 않는 듯하다.

　쾌적한 생활공간을 만들기 위해서는 어느 정도 여유 공간이 필요하다. 하지만 정리 정돈을 한다고 반드시 여유로워지는 것은 아니다. 쓰지 않는 것들을 버리고 공간을 비워내는 순간, 나는 거기에 새로운 물건을 채워 넣는 상상을 한다. 왠지 '그 물건'이 있으면 전보다 나의 일상이 풍요로워질 것 같다. 그래서 그 물건이 필요한 이유를 적극적으로 떠올리고 결국 가진다. 물건을 좋아하는 사람, 아니, 나의 한계다. 늘 합리적 소비를 실천하는 성실한 사람이 되고 싶어 하면서도 마음속에는 정반대의 인격을 함께 가지고 살아간다. 물건에 집착하는 나 자신이 한심하게 여겨질 때도 있지만 한편으론 안심이 된다. 물건을 보고 만지고 생각하면서 너무 쉽게 행복을 느끼기 때문이다. 인생을 살면서 행복을 찾고 누리는 일은 생각보다 그리 많지 않을 텐데, 물건 하나로 행복할 수 있다니 얼마나 다행인가. 그야말로 간단한 행복이다.

나의 공간, 집을 가꾸는 목표는 삶을 간결하게 만드는 데 있지 않다. 특히 나와 같은 프리랜서 창작자에게 집은 곧 일터이기도 하다. 쉴 때는 안락해야 하지만, 하기로 마음먹은 일에 나태해지거나 의욕이 꺾이지 않도록 스스로 잘 돌보고 관리해야 한다. 가끔은 내가 바라보는 물건들의 상태가 지금 나의 상태가 아닌가 생각한다. 그래서 되도록 마음을 불편하게 하는 물건들을 눈앞에서 치우고, 아끼는 물건들의 자리를 내 곁에 마련해두고자 한다. 물건을 대하는 뚜렷한 기호와 가치관을 갖는다면 무엇을 남기고 무엇을 버릴지 결정하는 일도 어렵지 않다. 어차피 물건을 갖거나 버리는 과정은 감정적이고 편파적이며 때론 고집스럽고 비논리적이다.

　더 넓은 공간과 여유로운 삶을 꿈꾸지 않는 사람이 있을까. 다만 지금 내게 이 공간이 알맞게 느껴진다면, 그것으로 괜찮다. 사람이 늘 효율적일 수는 없고 물건을 갖는 기쁨도 거짓은 아니다. 내 공간, 내 물건들을 생각하는 데에는 오로지 나의 취향, 나의 기분에 충실할 뿐이다. 내 곁에 있는 물건은 내 삶의 일부이고, 나의 반려이다. 거창해 보이지만 부인할 수 없는 사실이다.

　미니멀리스트가 되지 못해 다소 슬픔을 겪은 이들에게 이 책이 희망이 되기를 바란다. 우리는 혼자가 아니다. 언제나 물건과 함께 있다.

예쁜 물건은 쓸모 있다
왜냐하면 예쁘기 때문이다.

유리병 모으기 전쟁

가끔 마트나 백화점에 가면 나란히 진열되어 있는
유리병들을 한참 구경한다. 내용물의 종류는 무관하다.
그저 생김새를 보는 것이다. 라벨이 예쁘거나 색유리로
된 병을 발견하면 사야 하는 이유를 열심히 생각해본다.
비싼 향수나 양주는 높은 확률로 예쁜 병에 담겨있지만
명분 없이 큰돈을 쓸 수는 없다. 다만 상대적으로 가격
이 저렴한 음료나 맥주라면 애기가 달라진다. 집에 있는
병들을 떠올리며 '맞아, 이렇게 생긴 병은 없지'라는 결
론에 이르면 얼른 장바구니에 담는다. 한 번쯤 먹어보고
싶었던 거라고 내심 변명을 하면서 마음에 드는 병을 고
르고 부가적으로 내용물을 얻는 것이다. 이렇게 산 유리

병이 여러 개다. 잼이나 꿀처럼 병이 내열유리로 된 경우에는 실용성이라는 항목이 추가되지만 결국 병을 사고 모으는 이유는 그냥 예쁘기 때문이다.

1980년대 후반까지는 유리병을 보면 코카콜라 병처럼 양각으로 무늬를 넣거나 병 자체에 인쇄해서 상표를 입힌 것이 대부분이었다. 지금은 비단 상표만이 아니라 음료의 성분, 생산 정보까지 표시해야 하므로 종이 라벨로 많이 대체가 되었고 라벨 부착이 용이하도록 병의 디자인도 매끈하고 단순해졌다. 아기자기한 모양의 옛날 병들을 훨씬 좋아하지만 그러한 병들은 이젠 중고 시장에서도 비싼 값을 치르지 않고는 손에 넣기 어렵게 되었다. 지금 같은 시대에 고전적인 모양새를 가진 산 미겔 맥주San Miguel Beer를 동네 슈퍼에서 구입할 수 있는 것은 빈티지 유리병을 좋아하는 나 같은 사람에게 무척 반가운 일이다.

산 미겔은 필리핀 맥주로 스페인 식민지 시절에 스페인의 양조 기술을 바탕으로 만들어졌다. 그 역사는 어둡지만 지금은 싸고 맛있는 맥주로 세계적인 명성을 갖고 있다. 내가 산 것은 그중에서도 가장 많이 팔리는 갈색 병, 산 미겔 페일 필젠San Miguel Pale Pilsen이다. 병의 용량은 320mL. 오랜 역사를 증명하듯 고풍스러운 이탤릭체로 상표가 입혀져 있다. 인쇄된 무늬를 따라 만져보면 손끝에 기분 좋은 굴곡이 느껴진다. 맥주의 맛은 잘 모른다. 산 미겔 마니아들에게는 미안한 일이지만 술을 못 마시는 나는 이 맥주를 절반 이상 버렸다. 나의 관심은 처음부터 맥주가 아니라 오로지 아름다운 병에 있었다.

나는 이 맥주병을 벌써 6년째 화병으로 쓰고 있다. 식물은 계속 바뀌었지만 병은 항상 눈에 잘 띄는 곳에 놓아두었다. 화려한 백색의 로고와 어두운 갈색의 유리, 싱그러운 초록의 식물은 무척 아름다운 색의 조화를 이룬다. 여기에 빨간색 끈으로 리본을 매어 장식까지 하면 금상첨화다. 술, 향수와 같이 유혹하는 것들은 늘 예쁜 모양새를 갖추고 있지만 그 또한 가격에 비례하기 마련인데 산 미겔은 싸고 흔한데도 예쁘다. 물이 흘러도 라벨이 젖거나 망가지지 않고, 다른 술병보다 주둥이가 짧아 식물을 꽂았을 때 들뜨지 않고 안정적이다. 또 바닥이 넓고 묵직해 쉽게 넘어지지 않으니 화병으로 쓰기에 안성맞춤이다.

이제는 동네 생활용품점에서도 많은 종류의 유리병을 팔고 있지만 알파벳 몇 글자로 분위기를 띄우는 장식 라벨을 떼고 나면 남는 것은 오로지 유리로 된 몸체와 뚜껑뿐이다. 브랜드 로고도 성분표도 없다. 그 병들은 정직하게 쓸모를 위해 존재한다. 하지만 수집하는 병들은 다르다. 그 병의 처음 모습과 거기 담겼던 것들이 기억난다. 아무래도 나는 원래의 그것이 아닌 용도로 사용할 때에 더 의미를 부여하고 마음을 주는 듯하다.

또다시 마음에 쏙 드는 예쁜 유리병을 발견한다면 나는 그 병의 용도를 반드시 찾아낼 것이다. 핑계라면 얼마든지 있다. 결국 내게 필요한 것은 유리병이 가진 어떤 기능이 아니라 눈길을 사로잡는 모양새, 그뿐이다.

예쁘기만 한 틴 케이스

어떤 물건이든 우리가 그것을 처음 갖게 된 때에는 포장에 담겨있는 경우가 대부분이다. 비닐, 종이 상자, 플라스틱이나 아크릴 통, 유리병, 다양한 소재의 패브릭 그리고 틴 케이스. 물건을 꺼내고 나면 쓸모가 없어지는 비닐이나 구겨지고 습기에 눅눅해지는 종이상자는 버려도 그리 아깝지 않다. 그렇지만 포장이 조금이라도 견고하거나 정성스러운 것이면, 특히 상자의 형태여서 뚜껑을 여닫을 수 있는 것이라면 버리는 데 저항감이 생긴다. 그래서 상자로 된 포장은 단번에 버리지 못하고 적어도 한 번은 보류하게 된다. 틴 케이스라면 더 그렇다.

틴 케이스처럼 견고한 패키지를 만들기 위해서는

그만큼 비용과 시간을 들여야 한다. 그래서 원가 대비 판매가가 높은 상품이 많다. 주로 화장품이나 초콜릿, 고급 과자나 패션 아이템, 관광 기념품 등 선물이나 이벤트 목적으로 제작되는 상품이 여기에 해당한다. 밸런타인데이나 크리스마스 시즌이 돌아오면 한정판 패키지 상품이 사방에서 쏟아진다. 구매욕을 불사르기 위해 작정하는 시즌인 만큼 패키지의 디자인도 정점을 찍는다. 해당 브랜드가 디자인에 집착하는 유구한 역사를 가지고 있거나, 아름다운 패키지가 그 상품의 정체성인 경우 회사에선 물건이 아닌 포장에도 비용을 투자하기 때문이다. 겉모습에 홀리는 나 같은 사람에게는 쇼핑의 황금기라 할 수 있지만 다행인지 불행인지 마음에 드는 틴 케이스를 발견하기란 무척 어렵다.

틴 케이스에 담기는 물건 중 견고한 포장이 절대적으로 필요한 물건(심이 무른 색연필, 파스텔 등)의 경우에는 실용적인 이유도 크게 작용하겠지만, 과연 21세기에 틴 케이스보다 저렴하고 튼튼한 신소재가 없을까. 틴 케이스는 아날로그 시대를 그리워하는 정서를 자극하는 존재다. 틴 케이스에 대한 사람들의 열망은 끈질긴 데가 있다. 감성이란 낡은 것을 낡지 않게 하고, 오래된 것을 더 가치 있게 하며, 몇 세대가 지나도 취향의 고리가 끊어지지 않도록 하는 아름다움에 대한 인류의 관성과 같기에.

처음 틴 케이스에 관심을 가지게 된 건 함께 사는 친구 때문이었다. 한때 심각한 실용주의자였던 나는 포장 때문에 물건을 사는 그의 성향을 조금도 이해하지 못했지만, 오랫동안 함께 살면서 쓸모없고 아름다운 세계에 나도 그만 눈을 뜨고 말았다. 세상에는 딱히 쓸데가 없어도 눈에 띄기 위해 만들어지는 물건이 셀 수 없이 많다. 이 쓸모없고 아름다운 것들의 세계에 한번 입문하고 나면 다시는 예전으로 돌아갈 수가 없다. 손에 넣지 않더라도 눈길을 주고, 시간을 들여 구경하게 된다.

제이콥슨 베이커리Jacobsens Bakery에서 출시한 범선 틴 케이스는 나의 첫 틴 케이스다. 가끔 장을 보러 들렀던 이마트의 과자 판매대에서 이 틴 케이스를 발견했다. 브랜드도 모르고, 안에 든 쿠키의 맛도 전혀 궁금하지 않았지만 나는 홀린 듯 계산대로 가져갔고 얼마인지 기억나지 않는 값을 치렀다. 특별한 이유는 없었다. 그저 이 멋진 틴 케이스를 갖고 싶었을 뿐이다.

하지만 틴 케이스는 정말 쓸모가 없었다. 쿠키를 다 먹고 나면 당연히 다른 물건을 담을 수 있어야 하는데, 이것은 뚜껑을 한번 닫으면 열기가 힘들었다. 제조 공정상 문제인지, 불량품인지 모르겠지만 뚜껑을 열기 위해서는 집중과 인내와 시간이 필요했다. 그야말로 실용성이 제로였던 범선 틴 케이스는 결국 창고에 처박혔다. 그리고 물건을 정리하는 시즌이 돌아올 때마다 이 범선 틴 케이스를 보면 쓸모없는 것을 버리지 못한다는 죄책감에 시달렸다.

한창 미니멀리즘이 유행하기 시작하던 때, 사람들은 너나없이 미니멀리스트를 꿈꾸며 버리기에 열중하고 있었다. 나와 동거인도 그 분위기에 편승해 많은 물건을 버리기로 결심했다. 공간을 비우는 것은 마음을 비우는 일만큼 어렵고도 보람 있는 일이었다. 하지만 어쩐지 범선 틴 케이스는 버릴 수가 없었다. 동거인이 눈빛으로 '버리자'고 설득하는데도 나는 외면했다. 쓸모없는 물건에 이토록 애착을 가질 수 있다니. 이게 뭐라고. 고작 틴 케이스지만 버리지 않겠다고 굳게 결심한 순간, 마음에는 작은 파장이 일었다. 놀라웠다. 공장에서 기계로 찍어 만든 대량 생산품일 뿐인데, 어째서 이것에 이토록 마음이 쏠리는가! 이유는 알 수 없었다. 버리지 않을 핑계를 만들기 위해 필사적으로 머리를 굴렸다. 틴 케이스를 상자가 아닌 용도로 쓸 수 있는 방법이 있을까? 뚜껑을 닫지 않아도 된다면 어떨까? 아니, 뚜껑만으로 수납하는 방법도 있지 않을까?

생각 끝에 바닥 부분을 버렸다. 내가 원하는 것은 범선이 그려져 있는 뚜껑이니까. 폼 보드와 고무 자석판을 가져와 뚜껑에 맞게 자르고 붙였다. 그리고 냉장고

문에 여기저기 흩어져있는 자석들을 한데 모아 그 위에 뚜껑을 덮었다. '냉장고 자석 보관함'이라는 듣도 보도 못한 용도를 만들어낸 역사적(?) 순간이었다.

　"자, 이제 쓸모 있지?"

　뿌듯한 얼굴로 동의를 구했을 때, 동거인의 눈빛에는 당혹스러움과 안쓰러움이 뒤섞여 있었다. 그는 말없이 고개를 끄덕이며 '네가 그토록 원한다면 버리게 할 생각은 없었어…'라는 언민의 세스처를 보냈다.
　범선 틴 케이스, 아니, 냉장고 자석 보관함을 볼 때마다 뿌듯함을 느낀다. 아무리 봐도 질리지 않는다. 우리 집을 자주 찾는 손님들조차 이것이 대체 무엇인지 알지 못한다. 일종의 거대한 마그넷 장식이라고 생각할지도 모르겠다. 이렇게까지 물건에 집착하는 것, 그 물건이 자산으로서의 가치가 전혀 없음에도 필사적으로 버리지 않을 이유를 찾는 나 자신이 마냥 자랑스럽지는 않다. 그렇다고 부끄러운 것도 아니다. 다만 애착이 깃든 물건이 주는 사랑스러움은 용도가 아무리 하찮은 것이라도 그것이 차지하는 공간 이상으로 소중하고 고마운 것이다.

피규어와 동물 인형에게 간택받다

인간은 자신이 숭배하거나 의미 있게 생각하는 대상을 복제해서라도 곁에 두고 싶어 한다. 피규어figure는 가질 수 없는 대상을 간접적으로 소유하는 방식이다. 어릴 때부터 동물을 무척이나 좋아했던 나는 동물 모양으로 된 것을 보면 금방 사랑에 빠졌다. 외양이 단순화된 귀여운 캐릭터보다는 실제 동물의 모습과 비슷한 것일수록 좋아했다. 악어 모양의 황동 목걸이와 독수리 펜던트 팔찌는 내가 가장 사랑했던 장신구다. 지금도 동물 모양 펜던트를 보면 금세 홀린다. 내 몸을 장식하고 싶은 마음보다 그 동물을 내 곁에 두고 싶은 욕망이 더 크다. 굳센 날개, 강한 이빨, 날카로운 눈매가 나를 사로잡고, 인간의 것과는 전혀 다른 살갗, 화려한 비늘, 뾰족한 귀, 튀어나온 주둥이 따위에 흥미가 돋는다. 내가 좋아하는 것은 비단 야생의 동물만은 아니다. 기꺼이 인간의 반려가 되어주는 개나 고양이를 볼 때도 나의 감동은 줄지 않는다. 어쩜 그리도 모두 신비롭고 아름다운지. 동물이나 인간이나 개체 간 차이는 분명히 있지만 인간의 생김새가 내 취향이 아닌 것만은 확실하다. 그러니 인간보다는 동물 모양의 인형과 피규어를 찾게 되는 것이다.

2016년 1월 즈음, 태국으로 여행을 갔다가 수공예품으로 유명한 치앙마이에서 도자기로 된 고양이 두 마리를 샀다. 고양이는 거의 모든 문화권의 사람들이 좋아하는 동물이라 피규어도 흔해빠졌다. 도자기, 나무, 금속, 유리, 플라스틱, 실리콘… 거의 모든 소재로 만들어진다. 하지만 '나의 고양이'는 다르다. 아는 사람은 아는 얘기지만 피규어는 다 다르게 생겼다. 손으로 만든 것이든 공장에서 생산한 것이든 각기 다른 얼굴과 표정을 갖고 있다. 아니, 공장에서 만든 것이라도 얼굴만큼은 사람 손으로 그린 것이 많아 피규어를 고를 때는 신중해야 한다. 흔한 것일수록 마음을 열기 어렵고, 구매까지 하게 되는 것은 아주 작은 디테일에 달려있다. 꼭 필요하지 않음을 알면서도 내 것으로 하고픈 욕구에 말리는 순간, 그 순간을 나는 '눈이 마주쳤다'라고 정의한다. 인형도 피규어도 '눈이 마주치면' 데려와야 한다.

치앙마이에서 눈이 마주쳐버린 두 마리의 고양이는 한국까지 날아와 작업실 책상 위에 놓았다. 오자마자 떨어뜨리는 바람에 검은 고양이의 한쪽 귀가 조금 깨지기는 했지만 애정이 줄기는커녕 애틋함만 더해졌다. 사실 이 고양이들은 머리에 작은 구멍이 나있다. 바닥을 들어보면 열 수 있는 고무 뚜껑도 있다. 실은 '고양이 장식'이 아니라 소금과 후추를 넣는 '고양이 모양' 양념 통인 것이다. 처음 만났을 때는 '세상에, 양념 통으로도 쓸 수 있네!' 하면서 핑계로 삼았지만 앞서도 말했듯이 예뻐서 산 것들의 용도는 그리 중요하지 않다. 어차피 그 용도로 쓰지 않을 것이다. 나는 이 고양이들이 아무 노동도 하지 않고 책상 앞에서 편안히 쉬기를 바란다. 가끔 나와 눈을 마주치면서 말이다.

3D 프린팅 기술이 발달하면서 원하는 피규어를 만들거나 소유하는 건 훨씬 더 쉬운 일이 되었다. 하지만 특별함은 완벽하지 않고, 서로 같지 않은 것에 깃든다. 이케아에서 판매하는 한 무더기의 곰 인형들 속에서도 어느 순간 나만의 곰 인형을 발견하게 되는 것처럼 말이다. 그렇게 만난 동물들과는 진짜 친구가 되고 가족이 된다. 애정이란 무엇에든 깃들 수 있는 것이다. 꼭 살아있는 것일 필요도 없고, 인간이어야 할 이유도 없다.

그것 혹은 그가 가진 특별함을 내 마음으로 느낄 수 있다면 말이다.

　우리 집 동물들은 언제나 행복하다. 살아있는 것은 아니지만(살아있지 않아서인지도 모르지만) 나는 그렇게 느낀다. 가끔 외로워 보이면 손을 내밀어 쓰다듬고 눈이 마주치면 '네가 좋다'고 마음으로 얘기한다. 예뻐서 좋다. 예뻐서 사랑스럽다. 예쁜 것들을 만지고 바라보면 내 마음도 편안해진다. 결국 형상^{figure}이란 마음을 담는 그릇이 아닐까, 문득 그런 생각이 들었다.

◇ 26 △

모으는 게 아니라 보관하는 겁니다

보관하다 보면 언젠가는 쓸 것이다.

노트는 나의 트로피

내가 갖고 있는 노트는 세 가지로 분류할 수 있다. 쓰지 않은 노트와 쓰다 만 노트, 그리고 이미 다 쓴 노트. 그중 가장 귀하게 여기는 것은 다 쓴 노트다. 노트 한 권을 다 쓰는 건 쉽지 않은 일이다. 얇은 노트라고 빨리 쓰지도 않고 두꺼운 노트라고 더 쓰기 어려운 것도 아니다. 처음 쓰기 시작할 때 설정한 목표를 잘 따라가면 끝까지 다 쓰게 되는 것이고, 애초에 관심이 없거나 어려운 주제의 노트라면 얇아도 다 쓰지 못하는 것이다. 나의 경우 아무 말이나 지껄이는 일기 노트는 매일 한 페이지씩 꼬박꼬박 써서 넘길 수 있었지만, 영어 단어장이나 건강 일지같이 평소의 습관을 바꾸자며 시작한 것들은 중간 페이지도 넘기지 못하고 책장에 고이 꽂혔다. 노트 한 권을 채우는 건 그저 성실해서만 되는 일이 아니라, 관심과 목표를 잃지 않아야 가능하다.

　이렇다 보니 페이지의 80%를 채우면 스스로가 대단해 보이고, 90%를 채우면 다 쓴 노트로 대우해준다. 우리 집에는 '다 쓴 노트의 전당'이 따로 있다. 오랫동안 들춰보지 않을 것이면 창고 속 보관함에 넣어두지만 뿌듯함이 느껴지는 결과물이면 '다 쓴 노트의 전당(침대 옆 책꽂이)'에 분류해서 꽂아둔다. 다 쓴 노트는 일종의 트로피처럼 나에게 힘을 되돌려준다. 마침내 한 권을 채웠다는 사실이, 그만큼 많은 글자를 적었다는 사실이 큰 위로가 된다.

　다 쓴 노트를 들여다보면 의미 없는 일상의 넋두리가 대부분이고 마음에 드는 글을 찾기란 하늘의 별 따기지만 노트는 많은 진실을 품고 있다. 정리하지 못한 생각들, 이해할 수 없는 감정들, 하늘을 나는 꿈과 쫓기는 악몽의 밤, 섬뜩한 증오와 불안에 대한 이야기들. 자주는 아니지만 어쩌다 한 번씩 다 쓴 노트들을 펼쳐본다. 한 장 두 장 읽다 보면 그날 해야 할 일을 까맣게 잊는다. 나의 비밀은 왠지 남의 비밀보다 수치스럽고, 교활하고, 그래서 더 짜릿하다. 띄엄띄엄 쓰여있는 문장을 훑으며 과거의 나를 상상한다. 한참이 지난 후에야 지

나간 내 마음을 깨달을 때가 있다. 기억나지 않는 시간들은 매번 새로운 이야기가 되어 읽히고, 다 쓴 노트 속 이야기는 마치 평행우주처럼 나와는 아주 별개의 세상이 되어가고 있다.

다 쓴 노트는 이렇게나 애틋한 대우를 받는데, 이 사실을 다른 노트들이 알면 분통이 터질 것이다. 쓰지 않은 노트들은 마치 없는 것처럼 서랍 안에 숨겨져 있고, 쓰다가 만 노트들은 아무렇지 않게 '작업 중' 책장에 꽂혀있다. 표지만 봐서는 이제 기억나지 않는 목적 잃은 노트들이 책장 한 칸을 절반 넘게 차지하고 있는데 이걸 과연 쓰고 있는 노트라고 봐야 할까? 아니면 솔직하게 포기했다고 말을 해야 할까?

나에게도 수많은 계획이 있었다. 식물 일기, 가계부, 건강기록부, 여행 일지 등 기록하는 습관을 들이기 위한 몸부림이 어느 정도는 효과가 있었지만 무고한 노트들의 희생이 있었다. '이번에는 반드시'라고 생각하지만 '이번에도 역시'로 변질되는 일은 부지기수였다. 쓰다 만 노트들을 보면 한숨이 나온다. 읽다 보면 의욕과 흥미를 잃어가는 과정마저 눈치챌 수 있다. 버리면 속이 시원하겠지만 버릴 수가 없다. 그 많은 시도와 계획의 흔적마저 사라진다면 나는 정말 아무것도 노력하지 않은 사람이 될까 두려운 것이다.

쓰다 만 노트가 많으면, 새 노트를 시작하는 데는 더 큰 용기가 필요하다. 이번에는 얼마나 쓸까, 계획한 대로 채울 수 있을까, 그런 불안을 안고서도 다시 계획을 세우고 기록을 시작하는 건 어쨌거나 다 쓴 노트들이 있기 때문이다. 저번에는 실패했어도 이번에는 다를 수 있다, 달라질 것이다, 그런 희망에 힘을 실어 첫 페이지를 펼쳐본다. 아무것도 쓰이지 않은 순백의 노트는 '실패하면 안 돼!'라고 나를 위협하는 것 같지만, 그래도 그 순간을 넘겨 첫 문장을 적고 나면 기묘한 해방감이 찾아온다. 내가 적은 글자가 늘어갈 때마다 백지는 서서히 만만해진다.

아이러니한 건, 두려움이 줄어들수록 처음이라는 단어가 갖는 흥미로운 마법도 힘을 잃어간다는 것이다. 의지가 흐려질 때에 기다렸단 듯이 권태가 찾아온다. 기대가 높고 거창할수록 중도 포기의 시기는 앞당겨진다. 오히려 기대가 크지 않은 작업일수록 편안한 마음으로 노트를 채울 수 있다. 그래서 나는 실패하지 않겠다는 마음을 버리기로 했다. 쓰다 만 것들은 그것대로 이미 시간이 멈추었음을 인정해야 할 때다.

노트 따위가 뭐라고 너무 과하게 의미 부여를 하는 게 아닌가 싶지만, 어차피 나는 과도한 의미 부여가 천성인 사람이다. 기왕 하는 김에 더 의미 부여를 해볼까. 새 노트는 언제나 필요하다. 새로운 노트는 나의 모든 시작의 징표이고, 노트를 사는 건 미래의 가능성을 사는 일이다. 작정하고 시작하는 일에는 큰 결심과 큰 노트가 필요하지만 어디에나 가지고 다닐 수 있는 작은 노트도 나름의 의미가 있다.

장시간 버스나 전철을 타야 할 때 손바닥 크기만 한 수첩을 챙긴다. 무거운 노트를 챙기기 싫은 가벼운 외출에도 가벼운 중철 노트를 가지고 나간다. 여행이나 장기간 집을 비워야 하는 이유가 생기면 반드시 새 노트를 꺼내 쓴다. 이런저런 핑계로 작은 노트를 사 모은다. 이러다가 쓰는 속도가 쌓아두는 양을 쫓아가지 못할 것 같다. 어떤 것은 너무 예쁘고 아까워서 내 글씨로 망치기 싫다는 기분이 들기도 한다. 이러다 영영 쓰지 못할 노트가 점점 늘어나는 건 아닐지 모르겠다.

이미 많은 노트를 가졌지만 갖고 싶은 노트는 계속해서 눈앞에 나타난다. 다른 물건과 달리 노트를 사는 데에는 죄책감이 들지 않는다. 노트는 뭔가 의미 있는 일을 할 수 있으리라는 기대를 하게 한다. 가방마다 노트와 펜을 넣어두면 얼마나 마음이 든든한지 모른다. 쓰지 않아도 쓰고 있는 것이나 다름없는 기분이다.

노트에는 업데이트나 동기화가 없다. 고치거나 지우는 것도 흔적이 남는다. 노트는 오해하거나 변명하지 않는다. 나의 진심은 완벽하게 완성된 문장이 아니라 끄적이고 지우고 망설인 흔적 안에 있다고 믿는다. 앞으로도 적극적으로 노트를 구입하고 보관할 생각이다. 아직도 서랍에는 새 노트를 넣을 공간이 남아있다.

실수도 너그럽게 용서해주는 연필

　나는 나 자신의 능력보다 연필의 능력을 높이 산다. 키보드로 빠르게 적어내는 글과 컴퓨터 프로그램으로 그려내는 반듯한 도안이 흔하디흔한 복사지 한 장과 연필 한 자루를 못 따라갈 때가 있다. 연필은 방전되지 않고 지면이 허락하는 한 얼마든지 선을 그을 수 있다. 생각의 크기는 모니터 화면보다 넓다. 기술이 아무리 발전해도 연필을 사랑하는 이유다.

　볼펜이나 수성펜은 시간이 흐르면 잉크가 끈적해지거나 펜촉이 망가지면 못 쓰게 되지만 연필은 변하지 않는다. 도무지 버릴 이유가 없다. 그러다 보니 내 연필들은 연차가 오래되었다. 언제 어디에서 얻은 것인지 기억나지 않는 것도 많다. 펜은 최근에 생산된 것의 기능이 월등한 반면, 연필은 오래된 것이 더 나을 때도 있다. 그림을 그린다면 전문가용 브랜드인 독일의 스테들러 Staedtler나 일본의 톰보Tombow 제품을 쓰겠지만 연필로 글씨만 쓰는 나 같은 사람에게는 문방구에서 8개들이 천 원에 판매하는 어린이용 연필도 충분하다.

한국산이든 아니든, 국내에서 유통되는 연필은 대체로 질이 좋은 편이다. 유명한 문구제품이야 세계 어디에서든 구할 수 있는 시대지만 연필의 가격 대비 성능을 따져보면 한국이 연필 선진국임을 깨닫는다. 문구에 대한 애착이 넘치는 일본을 제외하고, 외국에서 연필을 구해야 될 일이 있으면 내가 아는 가격보다 두 배쯤 비싸더라도 유명 브랜드 연필을 산다. 아무거나 샀다가는 종이만 망가뜨리고 글씨는 잘 보이지 않아 얼마 못 쓰고 방치하게 된다. 그런 불상사를 막으려고 한국에서 연필을 몇 자루씩 챙겨서 간다. 여행하는 동안에는 한 자루의 반도 쓰지 못할 걸 알지만 그래야 안심이 된다.

나는 처음 쓰는 연필을 깎을 때 나무가 잘리는 상태를 보며 심의 질을 예측해본다. 예측은 크게 빗나가지 않는다. 좋은 연필은 나뭇결이 고르고 부드럽게 잘린다. 연필을 깎을 때에 유난히 헛손질을 많이 하고 연필이 엉망으로 깎인다면 그건 손의 문제가 아니라 나뭇결이 고르지 않아서일 수도 있다. 나무가 좋은 연필은 심의 사용감이나 색감도 좋은 편이다. 반대로 심이 좋은 연필이라고 반드시 나무의 질도 좋은 것은 아니다. 연필의 핵심은 결국 심이다. 나무를 깎는 것은 순간의 일이고, 인간의 손보다 균일하게 깎아주는 연필깎이라는 도구가 있을 뿐더러 소비자가 연필의 질을 판단하는 기준은 나무가 아니기 때문이다. 중요한 것은 선을 긋거나 글씨를 쓸 때의 느낌과 결과물이다. 회사는 경영상의 이유로 원가를 절감해야 할 때, 심보다 나무를 저렴한 것으로 바꾼다. 한국에서 입시 미술 재료로 유명한 프리스마 컬러Prisma Color의 색연필도 최근에 나온 색연필이 5년 전, 1o년 전의 것보다 나무의 질이 떨어진다. 하지만 많은 미술인들이 여전히 프리즈마를 선택하는 것은 비슷한 가격대의 다른 색연필보다 프리즈마의 색감과 사용감을 선호하기 때문이다.

그와 달리 흑연 심을 쓰는 일반 연필들은 이름을 아는 브랜드라면 나무의 질도 상당히 좋다. 딱히 우열을 가릴 필요도 없다. 그래서 공짜로 받는 연필은 거절하지 않는 편이다. 모아두면 쓸데가 있지 않을까? 한국에서 기념품이나 홍보용으로 제작되는 연필들은 대중적으로 많이 쓰이는 것(주로 HB)으로 만들어지기 때문에 쓰지 못할 연필은 많지 않다. 다만 직접 구입하는 것이라면 용도에 따라 선택하는 데 주의를 기울인다.

알다시피, 연필에는 경도와 농도의 차이가 있다. 이를 가늠하는 단위가 바로 H hard와 B black이다. 연필심은 흑연과 점토를 일정 비율로 섞은 후 고온에서 구워 만들어진다. 이때 점토의 비율이 낮을수록 심은 단단해지고 종이에 흑연이 덜 묻어난다. 반대로 점토의 비율이 높을수록 심은 부드러워지고 흑연이 더 많이 묻어난다. 따라서 H 앞에 붙은 숫자가 클수록 심이 강하고 색이 연해 한번 깎으면 쉽게 닳지 않고 뾰족하게 유지된다. 그래서 정밀한 그림을 그리거나 제도용으로 많이 쓰인다. 반면에 B는 숫자가 커질수록 색이 진한 대신 심이 물러서 빨리 뭉툭해진다. 학창 시절 미술 시간에 4B 연필을 썼듯이 주로 미술용으로 쓰인다.

나는 일상적으로 2B 연필을 주로 쓴다. 4B 연필은 글씨를 쓰기엔 무르고 잘 번져서 불편하고, H 계열의 연필은 색이 연하고 단단해서 쓰는 기분이 안 난다. 그런데도 여러 종류의 연필을 갖고 있는 이유는 용도나 기분에 따라 쓰는 연필이 다르기 때문이다. 예를 들어 계획을 세우거나 아이디어를 자유롭게 표현하는 단계에는 큰 종이에 B 계열의 연필을 쓰고, 내용을 요약하거나 정리하는 단계에는 손바닥만한 종이에 H 계열의 연필을 사용한다. 특히 접어서 사용하는 노트나 수첩에는 덜 번지는 단단한 연필을 쓰게 되는데, 이 기준을 언제나 지켜 쓰는 건 아니다. 무른 연필을 쓰고 싶은 날이 있고, 단단한 연필이 끌리는 날이 있다. 연필이기만 하면 좋은 날도 있다. 연필로 이리저리 끄적여보는 것은 그 자체로 유희가 된다. 사각사각 슥슥슥- 긴장을 풀고, 생각에 시동을 거는 소리다.

연필은 나의 실수를 너그럽게 품어 준다. 지우개로 지울 수 있기에 얼마든지 다시 쓸 수 있다는 가능성의 문이 열려있다. 볼펜으로 쓴 글씨도 수정 테이프로 덮어 가릴 수 있지만 잉크로 쓴다는 사실 자체에 부담을 느끼는지 더 엄격한 잣대로 스스로를 검열하게 된다. 자꾸 나아가기를 망설이고, 뒤를 돌아본다. 그래서 나는 연필이 더 좋다. '이대로 완성이 아니다'라는 너그러운 시선 아래 두고 마음껏 적어본다. 맞고 틀리는 데 연연하지 않으며, 유치하고 설익은 내면의 목소리를 따라간다. 연필을 믿고 쓰다보면 뿌옇게 먼지처럼 떠다니던 것들이 종이 위에서 제 모습을 갖추고 나를 올려다볼 때가 있다. 그럴 때는 내 손과 연필이 짝을 이루어 나를 놀리는 것만 같다. '너는 이런 생각 못 해봤지?' 하고 말이다.

앉을 수 있는 곳마다 연필을 둔다. 연필을 많이 갖고 있으면 좋은 작가가 될 수 있을 것만 같다.

채우고 싶어서 모으는 이면지

종이의 앞면이란 사용되었거나 사용하게 될 지면이다. 쓰지 않은 쪽은 자연스럽게 뒷면으로 불리지만, 그 종이가 더 이상 쓸모없게 되면 뒷면은 '이면지'라는 이름으로 새롭게 정의된다. 한 쪽만 쓰고 버리는 종이는 이면지가 아니라 폐지다. 다시 말해 이면지란 버리지 않을 종이이며 다시 앞면이 될 수 있는 종이다.

8살 모호연은 이면지를 모으는 어린이였다. 초등학교가 국민학교였던 시절 얘기다. 지금은 양면 전단지가 대부분이지만, 그때는 한 쪽만 인쇄된 전단지가 대부분이었다. 모호연 어린이는 아파트 우편함에 꽂혀 있던 전단지를 쏙쏙 뽑아서 모았다. 노트나 스케치북과는 달리 매끈하고 빳빳한 질감의 종이들이었다. 코팅이 되어 있어 연필로는 잘 안 써졌고 유성 볼펜으로만 쓸 수 있었다. 전단지에 간단히 구멍을 뚫고 끈을 묶어서 연습장을 만들었다. 이면지로 된 연습장이었다. 용돈을 받아도 사탕 하나 제 돈으로 사 먹기를 아까워하던 쪼잔한 꼬맹이이기도 했지만, 마구 낙서를 해도 이면지에 하는 건 낭비가 아니니까 어른들의 눈치를 덜 봐도 될 것 같았다. 실제로 어머니는 내가 이면지 연습장에 무얼 쓰고 그리든 참견하지 않았다. 어느 날 집에 방문한 손님늘에게 "우리 막내는 전단지를 모아서 연습장으로 쓰는 아이"라며 내 이면지 연습장을 꺼내 보여주기도 했다. 삼 남매 중 가장 조용하고 내향적이었던 나는 평소에 부모님의 주의를 끌지 않으려는 아이였는데도, 어머니와 손님들의 칭찬을 듣고는 금세 마음이 부풀어 올랐다.

　그 즈음 다른 기억들은 도려낸 것처럼 휑하니 비는데 어머니의 자랑은 지금도 선명히 기억한다. 모호연 어린이는 어른들이 착하다는 말을 칭찬으로 건넬 때마다 언제나(속으로) 열광했고, 그런 말을 듣기 위해 과시적으로 착한 행동들을 일부러 하기도 했다. 반드시 그 때문은 아니겠지만, 나는 한참 자라서도 한 쪽이 비어있는 종이를 쉽게 버리지 못했다.

각종 고시와 수험에 실패했던 20대 후반, 생계를 위해 작은 방송국에 다니기 시작했다. 처음 하는 일이라 걱정이 많았던 나는 방송언어에 숙련된 아나운서나 연륜 있는 DJ들이 말하는 방식을 상세하게 알고 싶었다. 그래서 그들이 썼던 원고들을 집으로 가져와 작가들이 쓴 멘트와 실제 방송에 나간 말을 비교하며 진행자의 언어습관이나 방송에 적합한 대화 쓰기를 연구하곤 했다. 문어체 인간이었던 내가 구어체를 구사하게 된 건 당시의 공부가 끼친 영향이 크다.

　　문제는, 공부를 마치고 나서도 원고를 버리지 않고 집에 쌓아 두었다는 것이다. 매일 수십 장의 종이를 가져왔고 종이는 책상 한 켠에 차곡차곡 쌓였다. 방송대본으로 쓰이는 종이는 일반 종이보다 두껍고 질이 좋아서 한 번 쓰고 버리기 왠지 아까웠다. 그렇지만 아깝다는 이유만으로 내 책상을 종이 무덤으로 만든 것은 아니었다. 엄격한 환경주의자라서 그런 것도 아니다. 어쨌거나 비어있는 종이를 채우지 않고 버리는 건 마음이 쉽게 허락하지 않는 일이었다.

　　작가라는 직업을 가지고도 밥벌이로서의 글쓰기에 매몰되어 그저 보여주기 위한 글을 썼다. 마음에 없는 말들을 지어 쓰느라 스스로 작가라고 여기기 힘들었던 시간 동안 나는 빈 종이를 보면 알 수 없는 부채감에 시달렸다. 물질적으로가 아니라 정서적으로 비어있다고 느꼈다. 나의 이야기를 쓰고 싶지만 틈이 나지 않는 현실을 괴로워하면서, 모든 건 핑계이고 내가 게으른 것이라 자책하며, 그래도 쓸 종이가 많으면 언젠가 쓰지 않을까, 조금만 더 노력하면 되지 않을까, 조바심을 냈던 것이다.

누군가 쓰고 난 뒷면이지만 얼마든지 앞면이 될 수 있었던 한 쪽짜리 종이들. 짧은 일기라도 썼다면 그 종이의 운명은 달라졌을 것이다. 그러나 당시엔 도저히 그럴 마음이 들지 않았고 일주일에 7일 출근하는 막막한 방송작가의 일상 속에서 책상 위 이면지는 고스란히 폐지의 운명을 맞이하게 되었다.

비어있는 종이를 견디지 못하는 것은, 그만큼 종이를 채우고 싶은 열망이 강했기 때문이다. 다만 나의 글을 좀 더 아끼고 사랑하는 마음이 있었다면 굳이 이면지에 글을 쓰려고 하지는 않았을 것이다. 종이라면 얼마든지 구할 수 있고, 쓰지 않은 노트도 얼마든지 있었다. 단지 쓰려는 마음이 멈춰있고 싶은 마음을 뒤집을 만큼 크지 않았던 것뿐이다.

지금도 책상 앞에 이면지를 모아두는 함이 있고 여기에 도면을 스케치하거나 메모하기도 하지만, 예전만큼 많은 종이를 모아두지는 않는다. 나는 나의 속성을 안다. 어릴 때는 칭찬을 받고 싶어서 이면지를 모았다면 어른이 되어서는 미루고 싶어서 이면지를 모은 것이다. 당장 쓰거나 그리지 않고 쓰다 만 종이에 미련을 남기며 '이면지'라는 부담 없는 공간에 미래를 맡겨온 것이다.

그런 생각이 싫어서 이제는 함에 들어가는 만큼만 이면지를 모으고, 나머지는 버린다. 컴퓨터로 글을 쓰는 경우가 더 많지만 종이에 직접 쓰거나 그리고 싶을 때에는 어떤 종이든 꺼내 쓴다. 나무에게 미안하다는 생각도 의식적으로 하지 않으려고 한다. 창작이라는 미명 아래 좀 더 오만한 마음으로 종이를 대한다. 종이는 다시 나무가 될 수 없지만 이야기와 그림이 될 수는 있다. 이제 비어있는 페이지가 그리 아쉽지만은 않다. 이미 종이로 만들어져 내 손으로 들어온 것이라면 후회 없이 쓰자고 마음먹는다. 그것이 앞면이든 뒷면이든, 이면지이든 간에 말이다.

버리지 못한 물건들

그래도 못 버렸다면 아직 쓸데가 있는 것이다.

나에게 미안한 물건, 수건

우리 집에 방문했던 친구가 수건 두 장을 선물해주었다. 거의 10년 만에 만나는 도톰한 새 수건이었다. 몸에 닿는 순간 물기를 쏙쏙 빨아들이는 건 물론이고, 젖은 상태에서도 포근하게 품어주는 안락함이 있었다. 물기를 닦아내는 게 고작이었던 낡은 수건과는 차원이 다른 흡수력이었다.

내친김에 새 수건을 10장 샀다. 낡은 수건이 12장 들어가던 욕실 서랍에는 새 수건 5장이 들어간다. 계산해보면, 새 수건의 부피는 낡은 수건의 약 2.4배인 셈이다. 흡수력도 2배 이상일 것이고, 체감상으로는 새 수건 하나의 능력치가 낡은 수건 3장에 맞먹는다. 샤워를 한

번 할 때마다 머리와 몸을 닦고 주변 정리를 하는 데까지 낡은 수건 3장을 써왔는데 새 수건은 1장으로 말끔하게 정리가 된다. 세탁 전에 물기를 말리느라 대강 널어놓으면 몇 시간 뒤에는 잠시 손을 닦는 정도로는 쓸 수 있게 된다. 수건을 널고 말리고 개켜 넣는 세탁 노동 역시 3분의 1로 확 줄었다. 세안을 마치고 보송한 수건을 뺨에 댈 때마다 나는 조용히 분개한다.

'왜 진작 사지 않았을까!'

동거인은 이미 새 수건을 사자고 졸랐었다. 같이 살기 시작한 해에 장만한 수건들을 쓴 지가 5년 차에 접어든 시점이었다. 내 기준으로는 '고작 5년'이었기에 그 제안을 염두에 두지 않았다. 어차피 공동으로 사용하는 생활비 통장이 있으니 '네가 정 필요하면 알아서 사겠지' 생각하고 미룬 것이다.

하지만 친구는 쓰는 당시에만 불편을 인지할 뿐 수건을 세탁기에 넣고 나면 금방 잊는 사람이었다. 수건은 인간다운 삶(나를 씻고, 말리고, 정돈하는)을 위한 필수품이지만 쓰지 않을 때에는 막상 떠올리기 어려운 물건이다. 이런 이유들로 우리 집 구성원들은 해마다 더 낡아가는 수건에 계속 적응하고 포기하면서 지금에 이르렀다.

수건 살 돈은 없지 않았다. 무게가 190g에 달하는 도톰한 수건이 4천 원 내외인 걸 감안하면 두 시간짜리 영화 한 편이 '2수건'이고 매달 자동으로 결제되는 애플뮤직은 '2.5수건'이다. 봄에 샀다가 뙤약볕에 죽은 유칼립투스 화분이 '3수건', 시들어서 버린 장미꽃 한 다발은 자그마치 '5수건'이나 된다. 이것들은 의식주와 관련된 소비도 아니다. 물질로 남지 않는 즐거움을 위해서는 매회 비용을 지불하면서, 왜 수건만은 고집스럽게도 새로 사지 않았는가?

수건을 오래 쓰다 보면 부피가 작아져 많이 보관할 수 있다. 수량이 많기 때문에 같은 물품을 새로 구입하는 것은 무조건 낭비라고 믿었다. 날마다 빨아야 하는 수건이 많은 것도 아끼지 않고 헤프게 써서 그런 거라 생각했다. '4수건'에 해당하는 과일을 거리낌 없이 사고, 웹툰을 몰아 보느라 클릭 한 번에 '3수건'을 결제하는 오늘을 살고 있음에도 나는 수건을 버리기는커녕 그것들을 유지해야 할 근거를 찾고 있었다. 친구에게 새 수건을 선물받기 전까지는.

수건에 대한 미련한 집착은 어머니로부터 물려받은 습성이다. 덮을 이불이 없어 친척들과 한 방에 모여 자던 시절을 종종 회상하며 웃는 나의 어머니는 검박한 생활이 몸에 밴 사람이다. 그는 몇 년 묵은 곡식 한 줌도 그냥 버리지 못하고 어떻게든 음식으로 만들어야 직성이 풀리는 근성의 주부이다. 어머니는 한때 '공무원'이었다가, '분식집 아줌마'였다가, '부잣집 사모님' 소리까지 듣기도 했었지만, 집안 상황이 어떻게 바뀐들 수건을 새로 산 적은 한 번도 없었다.

지금도 어머니가 사는 광주 집의 모든 수건에는 '○○ 사무소 개업 경축' 혹은 '○○ 60주년 기념', '○○○씨 종친회' 등의 글자가 새겨져 있다. 사모님 시절, 회사에서 받은 수건도 아직 2장밖에 꺼내지 않았다. 그래서 광주 집에 가면 이것이 수건인지 종잇장인지 알 수 없는 것으로 몸을 닦아야 한다. 닳다 못해 구멍이 난 수건도 어렵지 않게 발견할 수 있다. 하지만 정말 놀라운 것은 노쇠한 수건만이 아니다. 샤워 한 번에 세 장의 수건을 아낌없이 쓰는 내가, 그 집에 가면 얄팍한 수건 한 장으로 이틀에 걸쳐 쓰고 말리고 쓰고 말려서 다시 쓴다는 사실이다.

수건을 버리지 못하는 것은 인내가 아니라 적응이고 습관이다. 이대로도 생활이 가능하다는 것을 아는 사람, 씻고 나서 몸에 남은 물기를 완벽하게 닦지 않아도 시간이 지나면 마른다는 사실에 수긍하고 그것에 개의치 않는 사람. 그리고 새 수건이 주는 안락함을 모르겠는가. 다만 낡은 수건도 그에게는 자산인 것이다. 수건에 대한 우리 모녀의 인식을 정리하면 다음과 같다.

- 수건은 많을수록 좋으니까 낡아도 버리지 않는다.
- 버리지 않기에 수건의 양은 줄지 않는다.
- 이미 많은 수건을 가졌으므로 더 많은 수건은 필요하지 않다.
- 수건이란 사는 것이 아니라 선물로 받거나 기념으로 얻는 것이다.
- 수건보다 필요한 것은 여분의 스카프와 가방이다.

이러한 사고의 흐름은 '수건 따위 별로 사고 싶지 않다'는 결론으로 이어진다. 그리하여 새 수건은 쇼핑 목록에 오를 기회를 영원히 잃고 만다. 자기에게 더 좋은 것을 베풀지 않는 인색함이 바로 낡은 수건의 정체이다. 내가 나에게 너그럽지 않은 것처럼 어머니도 늘 자신에게 인색하다. 어머니에게 늘 당연한 삶이었고 그가 어떤 불편을 겪더라도 주변의 타인들은 어머니의 헌신을 미덕으로만 여겼다. 미덕의 늪에 빠져있는 사람은 '더 좋은 것'에 대한 욕망을 갖지 않는다. 그저 있는 그대로 살아갈 뿐이다. 하지만 마음만 먹으면 바꿀 수도 있는 일이다. 그 마음을 먹기가 힘든 것일 뿐. 내가 이렇게 낡은 수건은 불편하다고, 쓰기 싫다고 투정 한마디만 했다면 어머니는 새 수건을 꺼내 주었을 것이다. 당신이 아니라 딸내미를 위한 일이니까. 그렇게 한번 꺼낸 수건은 '있는 그대로' 생활의 일부가 될 것이다. 나는 내 불편을 참고 묵인하면서 어머니의 불편도 함께 묵인해왔다. 그런 식으로 묵인하고 있는 일상의 불편들이 우리 곁에 더 많을 것이다.

새 수건이 주는 안락함은 아주 사소한 것이어서 사람을 근본적으로 행복하게 만들지는 못한다. 내핍한 사람에게 중요한 것은 이달의 소득과 생활비이지 '새 수건 따위'가 아니다. 선물받지 않았다면 수건을 바꾸어야겠다는 생각을 미처 하지 못했을 것이다. 수건이 어떤 이에게는 별 감흥 없는 흔한 물건일지도 모르지만 운이 좋다면 나처럼 일상의 한 부분이 크게 바뀔지도 모른다. 포근한 수건을 쓸 때마다 선물해준 친구가 떠오른다. 참 고맙다.

새 수건에 대한 깨달음의 찬사를 늘어놓고 있지만, 그렇다고 낡은 수건을 모조리 버릴 것인가? 그렇지는 않다. 수건에게는 몇 번의 생이 더 있다. 잘라서 주방 행주로 쓸 수도 있고, 행주로도 시원찮으면 곧 바닥이나 더러운 구석을 닦는 걸레가 될 것이다. 새로 산 수건의 기능이 몇 년 뒤에 '0.7수건' 이하로 떨어진다면 그 수건은 새로운 사명을 띠고 청소함으로 들어갈 것이다. 마침내 걸레가 된 낡은 수건은 마지막 한 장까지 이 집의 먼지와 얼룩을 닦는 데 쓰이고 생을 마감하리라. 낡은 수건은 절대 '수건으로서' 버려질 수 없다는 것이 내 생각이다. 그저 행주와 걸레가 될 뿐. 그러니 버리는 것에 대한 걱정은 그만 접어두고, 새로 들인 수건들을 마음껏 즐기기로 한다.

양말 부자의 숙명

구멍 난 양말을 버리지 않고 신는 사람이 얼마나 있을까? 궁금하다. 남의 양말에서 구멍을 발견하는 사람은 평소 구멍 난 양말을 자주 신고 다니며 들킬까 전전긍긍하는 사람이 분명하다. 내가 바로 그런 사람이다.

어딜 가든 켤레당 천 원, 심지어 몇백 원까지 단가가 내려가는 싸구려 양말을 만날 수 있다. 길거리 좌판부터 가끔 동네에 출몰하는 양말 트럭, 전철역 상가의 미끼상품이나 재래시장 리어카 등 싸구려 양말을 구할 방법은 많다. 하지만 내 발은 싸구려 양말을 용납하지 않는다. 발이 고급지다는 얘기가 아니라 유난스럽게 큰 엄지발가락 때문이다.

내 엄지발가락은 비슷한 길이의 발에 비해 크고 길다. 이런 발을 나는 '집게발'이라고 부른다. 어릴 때만 해도 모든 사람의 발가락이 나만큼 큰 줄 알았다. 엄지발가락에 맞춰 신발을 사면 다른 부분이 너무 헐렁했다. 아무래도 시대를 잘못 태어난 것 같다. 맨발로 사냥과 수렵채집을 하던 시대에 태어났다면 충실하게 한몫했을 발이다.

우리 집 여자들에게 전해 내려오는 '집게발 유전자'는 양말의 질을 판별하는 능력을 타고났다. 같은 가격에 산 양말도 질이 나쁜 것이면 바로 그날 본색을 드러낸다. 엄지발가락이 닿는 부분은 해져서 구멍이 나 있고, 구멍의 크기는 내가 걸었던 시간과 거리에 비례한다. 양말에 난 구멍 사이로 발가락이 얼굴을 내밀고 나를 꾸짖는다. 고작 이런 양말로 버틸 수 있을 줄 알았느냐고.

집게발 유전자는 할머니로부터 어머니를 거쳐, 예외 없이 언니와 나에게로 이어졌다. 집게발이 있으면 손을 놀리면서 할 수 있는 일이 많다. 발로 빨래를 집어서 세탁기에 넣는다든지, 책상 밑으로 굴러 들어간 연필을 단숨에 집어 올린다든지, 나를 놀리는 사람을 세게 꼬집는다든지. 심지어(이런 짓을 실제로 하지 않지만) 보고 있는 책의 책장을 넘길 수도 있다(어떻게 아는지는 비밀). 하지만 집게발의 기능은 집을 나서면 무용하다. 발은 양말에 묶여 신발에 구속되고, 오직 걷거나 뛰는 일 외에는 작동이 불가능하다. 직립보행 하는 현생인류이자 사회인으로서 체면을 지키기 위해 발로 할 수 있는 다른 일들을 중지해야 한다. 그러니 집게발의 장점을 아무리 생각해봐도, 지금까지 내가 해치운 양말들을 떠올리면 이 발에 양말을 신기는 것 자체가 돈 아까운 일이 되고 만다.

원 데이, 원 킬. 내가 산 양말들의 슬픈 역사가 이 한 문장에 담겨있다. 동거인과 여러 생활 잡화를 공유하고 있는데, 양말도 급할 땐 눈에 보이는 대로 막 신고 나갈 법도 하지만 그러기 어렵다. 일상복에 신는 평범한 양말은 내가 한 번만 신어도 구멍이 난다. 동거인 입장에선 손해도 이런 손해가 없다. 그래서 양말은 따로 신는다.

외출을 많이 하는 달에는 양말이 너무 빨리 떨어져 어쩔 수 없이 구멍 난 양말을 신고 나갈 때가 있다. 최대한 신발을 벗지 않고 일정을 마쳐야겠지만, 그게 어디 내 마음대로 되는 일인가. 신발을 벗는 자리에 실내화가 있다면 다행이지만, 실내화의 앞이 뚫려있거나 그마저 없다면 다른 방법을 써야 한다. 일명 '좌우 바꿔 신기' 트릭이다. 인적이 드문 곳이나 화장실에 가서 왼발과 오른발의 양말을 바꿔 신는다. 양말의 좌우가 바뀌면 구멍의 위치도 바뀌어서 엄지발가락을 고스란히 드러내던 구멍은 상대적으로 헐렁한 중간 부분이나 새끼발가락 쪽으로 옮겨진다. 입이 다물어진 구멍은 음흉하게 남의 발을 눈여겨보는 사람이 아니면 알아채기 어렵다. 구멍이 커서 도저히 수습이 안 된다면 '발 위에 발 없기' 스킬을 쓰는 수밖에 없다.

외출하고 돌아오면 즉시 그 양말을 버려야 하지만, 현관문을 열고 들어서는 순간 휴지통을 비우는 것처럼 머릿속이 말끔해진다. 구멍 난 양말 따위는 곧장 빨래통으로 들어가 잊혔다가 세탁기와 건조대를 거쳐 한 번의 기회를 더 얻는다. 버리려고 했던 양말을 '실수로' 빨아서 말리고 나면 거기에 들어간 노동이 아까워 당장 버리지 못하게 되고 만다.

몇 년 전까지는 구멍 난 양말을 꿰매 신기도 했다. 엄마와 나에게 집게발 유전자를 물려주신 할머니가 양말을 자주 기우시는 걸 보고 자란 나는 6살 어린 나이부터 스스로 양말을 기워 신었다. 그렇게 하면 어른들에게 호들갑스러운 칭찬을 받았기 때문에 필요 이상으로 바느질에 고무되기도 했다. 칭찬에 목을 매지 않는 나이가 되어서도 자주 양말을 꿰맸지만, 누구나 하는 일이라고 생각했다. 집게발이 아닌 사람은 몇 달을 신어도 양말에 구멍이 나지 않는다는 것을 20대 중반이 되어서야 알았다. 그 배신감이란.

집게발 유전자가 원망스러웠지만 별도리가 없었다. 어쨌든 양말 값을 아끼려면 기워 신어야 했다. 한동안 '시간 내서 한 번에 해치워야지' 하는 생각으로 구멍 난 양말들을 버리지 않았더니 양말 서랍이 가득 찼다. 필요할 때 말짱한 양말을 찾는 것도 보통 일이 아니었다. 한 번에 똑같은 양말을 여러 켤레 사서 최대한 짝을 맞춰 신었지만 그것도 한계가 있었다.

어느 날 서랍을 뒤지다가 온전한 양말이 하나도 없다는 걸 알게 됐다. 스스로의 미련함에 화가 나 양말을 전부 꺼내 버렸다. 물건을 아끼는 것도 정도를 지나치면 생활을 망친다는 걸 실감했다. 아껴 살고 있다는 안심을 하려고 양말을 열심히 꿰매 신었지만 정말로 그것이 절약이었는가 생각하면 입이 다물어진다. 스스로 생활을 돌보면서 잊지 말아야 하는 한 가지가 '에너지는 한정되어 있다'는 것이다. 내가 하고 싶은 일과 해야 하는 일의 목록에서 '양말 꿰매기'를 없애도 별다른 일이 일어나지 않는다. 부자가 되는 것도 누구한테 혼이 나는 것도 아니다. 양말에 구멍 좀 낸다고 그렇게 큰 잘못이겠는가.

외출할 때 양말 한 켤레는 사회생활을 위한 필수

비용이라고 생각하기로 한 것이 그 시점이다. 거리에 따라 부과되는 대중교통 요금을 일일이 따져 기억하지 않듯이 양말이 제 소임을 다했다면 그것으로 족하다. 구멍 난 양말에 대한 소모적인 생각을 지양하는 동안 깨달은 사실이 있다. 사람마다 정도의 차이는 있겠지만 딱딱한 신발을 신을수록 발가락과 신발 간에 마찰이 커서 양말도 쉽게 닳는다는 것이다. 딱딱한 워커와 단화 대신 부드러운 운동화와 슬립온을 즐겨 신자 양말은 하루가 아니라 몇 주, 몇 달을 살아남았다. 양말은 발을 보호하기 위한 것이다. 발이 편히면 구멍이 덜 난다. 집게발은 잘못이 없다.

이제는 양말을 꿰매지 않는다. 구멍 난 양말은 손에 씌워서 좁은 틈에 쌓인 먼지를 닦는 걸레로 쓴다. 발바닥으로 집 안을 문지르고 다니는 것 같지만 말이다. 신는 족족 구멍이 나지 않으니 양말에 대한 걱정도 그만이다. 집게발에도 슬슬 예쁜 양말을 신겨줄 때가 된 것 같다.

만족도 별 다섯 개의 속옷을 찾아서

속옷도 기성복이다. 몇 가지 사이즈로 재단한 것을 자신이 알아서 사 입는 것이라 입자마자 몸에 딱 들어맞는 속옷을 사기는 어렵다. 몸에 맞다고 하는 것은 속옷이 몸에 들어가느냐, 마느냐의 문제가 아니다. 속옷은 마치 입지 않은 것처럼 금방 적응되고 잊혀야 하는 것이다. 몸보다 작은 속옷을 입으면 가슴이 답답하고 속이 더부룩해진다. 그렇다고 처음부터 큰 것을 입으면 옷 안에서 말리거나 내가 원하는 위치에서 벗어나 걸리적거린다. 땀이나 분비물을 흡수하는 기능도 다하지 못한다. 그러니 내 몸에 맞게 늘어난 속옷만큼 편한 속옷이 또 있을까? 피부에서 묻어나는 유분이나 몸의 분비

물 때문에 입을 때마다 세탁해야 하는 귀찮음이 있지만, 바깥으로 보이는 옷이 아니니 낡아도 몸에 맞기만 하다면 한참 입을 수 있다.

지금이야 어떤 속옷을 입어야겠다는 고집이 생겼지만 20대 초반까지는 아무 생각이 없었다. 내 손으로 속옷을 사본 일도 없었다. 부모님과 함께 사는 동안 침대 옆에 놓인 조립식 플라스틱 서랍에는 내가 사지 않아도 항상 필요한 속옷이 들어있었다. 브래지어, 팬티, 메리야스, 그리고 교복 치마 안에 입던 속바지까지 두루 있었다. 누군가는 나 대신 속옷을 구입하고 세탁하고 개켜 넣는 수고를 했으리라. 보살핌이란 대부분 눈에 띄지 않는 형태로 일상에 스미는 것이어서, 돌봄을 받으면서도 깨닫지 못하는 경우가 허다하다. 가슴이 커지고 골반이 벌어지는 실시간의 변화가 일어나는 성장기에도 나는 내 몸에 무관심했다. 당시만 해도 몸이 불편한 것을 잘 깨닫지 못하고 알아도 무시해버리는 경향이 있기는 했지만, 어쨌거나 서랍을 뒤지면 몸에 맞는 것이 하나는 있었다. 6살 많은 언니가 예전에 입었던 것들도 있었고 태그를 안 뗀 새것도 있었다. 집을 떠나고 십수 년이 지난 지금도 어머니 집에 가면 아직도 내가 입었던 속옷이 그대로 있다. 그들도 서랍 안에서 나만큼 고스란히 나이를 먹었다.

속옷 가게에 직접 가본 것은 순전히 친구 때문이었다. 남자사람친구가 애인에게 속옷을 선물하려는데 함께 골라달라고 도움을 청했던 것이다. 전에는 세상에 얼마나 화려한 속옷이 많은지, 그것들이 어떤 목적으로 만들어지고 소비되는지 잘 알지 못했다. 아니, 인지하고는 있었으나 세상 남의 일처럼 여겼다는 게 맞겠다. 실용적 기능이 한참 떨어져 보이는, 마치 몸에 걸치는 장신구 같은 예쁜 속옷들을 보면서 불쾌감을 느끼기도 했다. 왜 여자들은 이렇게 불편한 것을 예쁘다는 이유로 입어야 할까. '코르셋'이라는 개념을 몰랐던 당시의 20대는 생각했다. 원래 여자로 사는 건 이런 건가? 나는 사회적 상식에 뒤떨어져 있는 걸까? 나만 너무 편하게 사는 걸까?

나와 친구는 선물을 골랐고 화려하고 불편한 속옷은 그의 애인에게 전해졌다. 돌이켜볼수록 바보 같은 짓이었다. 얄팍한 성적 어필의 의도가 빤한 그 선물에 가담한 것이 내심 찔렸고, 실용적인 면에서도 생각이 퍽 모자란 일이었다. 속옷은 같은 사이즈라도 직접 착용해보지 않으면 몸에 잘 맞는지 알 수 없다. 직접 사고 실패하는 거야 그러려니 하겠지만, 선물받은 속옷이 맞지 않으면 애물단지가 되기 쉽다. 문득 그 애인은 선물을 받고 기뻐했을지 궁금했다. 장난스러운 분위기에 휩싸여 받는 사람의 기분을 깊게 고민하지 않았던, 내 기준으로 실패한 선물 추천이었다.

　　하지만 얄궂게도 나는 그때부터 속옷이란 것에 관심을 가졌다. 서랍 속의 속옷만이 아니라 다른 여성들이 입는 속옷이 눈에 들어오기 시작했다. 호기심에 와이어가 있는 브라를 사보았다. 20대 여성이면 다 입는데 나 혼자만 안 입는 줄 알았다. 엄청나게 겁을 먹은 것과 달리 착용감은 생각보다 나쁘지 않았다. 좋은 점도 있었다. 천만으로는 받쳐주지 못했던 가슴의 무게를 와이어는 단단히 지탱해주었다. 달리거나 계단을 오르내릴 때 가슴이 고정되어 흔들림이 적었다. 와이어 브라를 입은 내 몸이 마음에 들어서 한동안 꾸준히 입었지만 여름이 되자 바로 문제가 드러났다. 와이어에 눌린 피부가 매번 짓물렀고, 조금이라도 몸이 붓거나 하면 가슴이 조이고 아팠다. 그래도 계속 입었다. 남들도 다 입는데 나만 엄살을 떠는 것 같아서 무시했다. 브라를 탓하는 대신 내 몸을 미워했다. 젖 먹일 애가 있는 것도 아닌데 가슴 따위가 커서 대체 무슨 소용인지, 여자에게 가슴이 꼭 있어야 하는지. 남자들이 부러웠고 여자만 가슴이 큰 건 불공평하다는 생각이 들었다. 전에는 해본 적 없는 생각이었다.

　　나이가 들면서 내 몸과 피부에 대해 더 잘 알게 되었다. 어떤 것이 편하고 불편한지에 대한 정보도 쌓였다. 훅 없는 노 와이어 브라가 유행하던 시기에 쇼핑몰을 뒤져서 아주 얇은 망사 원단으로 된 입는 브라를 샀다. 생김새는 브라렛과 비슷하지만 가슴 패드가 들어있고 어깨끈의 폭이 넓었다. 망사는 통풍도, 땀 배출도 잘 되니 피부가 짓무를 일이 없고 느슨하고 부드럽게 늘어나서 몸에 잘 맞았다. 조금만 압박을 가해도 염증이 나는 피부를 가진 내게 이 브라는 혁명이었다. 나는 모든 브라를 같은 제품으로 바꾸었다.

그렇게 정착할 수 있었다면 참 좋았을 텐데, 어느 날 새로 산 브라는 세탁하자마자 패드가 구겨졌다. 혹시나 싶어 똑같은 것을 또 주문해봤지만 마찬가지였다. 같은 브랜드를 쓰기 시작한 지 고작 2년 만의 일이었다. '뭐야, 무조건 손빨래하라는 거야? 옛날보다 비싸잖아? 판매량도 오르지 않았나?' 이유가 무엇이든 초심을 잃고 원가에 손을 댄 것만은 확실했다.

그러나 나는 별수 없는 호갱이었다. 세탁한 뒤에는 구겨진 패드를 손으로 열심히 펴주고, 넉넉한 셔츠나 재킷 등 티가 나지 않는 겉옷 아래에는 아직도 그 낡은 브라를 입는다. 매끈한 브라가 필요할 때는 최근에 구입한 심리스 브라를 입지만, 소재가 면도 망사도 아니어서 금방 땀이 찬다. 가슴 부위는 바람이 안 들어서 땀이 잘 마르지도 않는다. 내게 맞는 속옷을 다시 찾으려면 새로운

제품을 사보고, 때론 실패하는 과정이 반복되어야 하지만 그런 모험을 하기 싫어서 관습처럼 낡은 브라를 입고 있다. 이 관습이 매우 후지다는 사실은 알고 있다. 그래도 이 브라가 제일 시원한 걸 어떡해.

집에 있을 때는 노브라로 생활하면서 외출할 때는 브라를 꼭 하는 편이다. 늦가을이나 겨울에는 괜찮지만 여름에 브라를 하지 않으면 무조건 땀띠가 난다. 가슴이 뭉치고 커지는 PMS생리전증후군 기간에도 브라를 하면 걷거나 뛸 때 덜 아프다. 브라가 여사들의 봄을 가꾸고 통제하기 위해 만들어졌다지만, 용도를 다르게 생각한다면 무거운 가슴을 대신 들어주는 편리한 발명품으로 볼 수도 있다. 일명 탈코르셋의 시대에도 가슴의 모양이나 사이즈에 따라 브라를 필요로 하는 사람은 계속 있을 것이다. 다만 브라를 입을지, 입지 않을지를 선택하는 것은 당사자인 여성의 몫이라는 것만 인지하면 된다.

여성의 속옷은 더 다채롭게 발전해야 한다. 남성 팬티는 100% 순면으로 되어있거나 그만큼 통기성과 흡수력이 좋은 재질로 만들어지는 반면, 여성 팬티는 성기가 닿는 곳 외에는 땀 흡수가 원활하지 않은 매끈한 재질로 만드는 경우가 많다. 당장 입었을 때는 활동성이 좋고 몸에 밀착되어 편하게 느껴지지만 장시간 외출은 불편하다. 나갈 때마다 여분의 팬티를 가지고 다

니면서 도중에 갈아입는 것도 사정이 되어야 하는 일이다. 울며 겨자 먹기로 팬티 라이너를 붙였다 떼곤 하지만 처음부터 몸에 좋은 면 팬티를 입으면 굳이 그럴 필요가 없었을 것이다.

내 서랍 속의 팬티는 모두 순면으로 된 것이다. 마음껏 세탁해도 부담이 없고, 나는 하루에도 두 번 이상 속옷을 갈아입기에 무조건 개수가 많아야 한다. 그래서 오래된 것도 버리지 못하고 쌓아둔다. 새 팬티 5장을 사면 낡은 팬티 2장을 버리는 식이라 양이 점점 늘어간다. 걷지 않아도 되는 날, 집에 하루 종일 있는 날은 낡은 팬티를 입는다. 잘 때도 마찬가지다.

가까운 미래에는 맞춤형 3D 속옷이 등장하지 않을까? 몸을 입체로 촬영하여 개개인의 신체에 맞게 속옷을 디자인하고 3D 프린터로 직물을 짜내는 그런 속옷 말이다. 여성의 속옷은 아직 완성되지 않았다. 더욱 편안한 방향으로 나아가야 하고, 사용자에 맞게 더욱 세심하게 만들어져야 한다. 시대의 변화에 따라 나도 낡은 속옷에만 집착하지 않고 내 몸에 맞는 속옷을 열심히 찾아보려고 한다. 그게 오늘은 아니겠지만.

나의 물건 연대기

물건의 과거는 그 물건을 가진 사람의 역사다.

소비 생활을 알려면 고개를 들어 지갑을 보라

물건의 가치는 계속 변화한다. 한때 유용하던 물건이 쓸모없어지기도 하고, 낡거나 고장 나서 아무도 쓰지 않는 물건이 되기도 한다. 그런데도 물건을 버리지 않고 보관하는 것은 거기에 누적된 시간이라는, 쓰임과 무관한 새로운 가치가 부여되었기 때문이다. 물건은 보거나 만질 수 있는 물질 그 자체이지만 여기에 담긴 개인의 역사는 나의 흔적이다. 가까이에 두고 함께하는 시간이 길어질수록 물건에 담기는 역사도 깊어진다.

지갑은 어떤 물건보다 개인사가 짙게 스미는 물건이다. 모바일 결제가 대중화되면서 지갑의 많은 기능을 스마트폰이 대신하고 있지만 지갑은 여전히 외출에 꼭 필요한 물건이다. 그것이 휴대폰 케이스의 형태라도 말이다.

내 지갑에 든 것은 신분증과 신용카드, 약간의 현금, 좋아하는 단골 가게의 쿠폰 두어 장 정도이다. 신분증을 제외하고는 모두 금전의 가치가 있다. 결국은 '돈을 쓰기 위해', '돈을 담는' 아주 단순한 용도이므로 지갑은 오로지 돈을 쓰는 순간에만 품 안에서 꺼내진다. 대부분 욕구 충족과 즐거움을 위해 돈을 쓰지만 비용을 지불하는 행위는 내게 언제나 고통스럽다. 정도는 저마다 다르겠지만 소비에 대한 불안과 죄책감에서 온전히 자유로운 사람이 있을까. 돈을 쓰는 일은 강한 기억을 남긴다. 그래서일까. 오래된 지갑을 꺼내보면 감회가 남다르다. 어떤 지갑을 들고 다닐 즈음 나는 어느 정도의 나이였으며 어떤 직장에 다녔고 어디에 살았는지 생생하게 떠오른다.

내 지갑의 역사는 3막으로 나눌 수 있다. 지갑이 아예 없던 20대 중반까지가 1막, 작은 카드 지갑을 쓰기 시작한 것이 2막이다. 재작년부터는 현금 지갑과 카드 지갑을 분리하면서 다중 지갑의 시대인 3막이 열렸다. 그 이후로 동시에 여러 개의 지갑을 쓰고 있다. 얼마간은 휴대폰 케이스에 신분증과 카드를 함께 넣어 다니기도 했다. 가끔 운동 겸 멀리 산책을 나갈 때는 허리에 매는 웨이스트 백을 쓰기도 하여 사실상 지갑의 경계가 모호해졌다.

생각난 김에, 옛날 지갑을 모두 꺼내보았다. 보관하고 있는 것 중에서 가장 오래된 지갑은 십 년 전 생일 선물로 받은 가죽 반지갑이다. 무늬나 로고 없이 가죽과 지퍼, 똑딱이 단추로만 되어있는 아주 심플한 디자인이다. 아이폰4 시리즈의 사이즈로 만들어져 당시 작은 휴대폰은 지갑 안에 넣을 수 있었다. 그러나 가죽 소재로 된 무거운 지갑을 들고 다니는 데 좀처럼 익숙해지지 않아서 거의 쓰지 않았고, 덕분에 아직도 새것처럼 말끔하고 예쁘다.

두 번째로 오래된 지갑은 친구가 터키 여행 기념품으로 사 온 미니 지갑이다(이하 '터키 지갑'). 이것이 내 인생 지갑이다. 크기는 신용카드 2장과 신분증이 겨우 들어갈 정도로 작은 사이즈이지만 문양은 페르시안 태피스트리 작품을 축소해놓은 것처럼 화려하고 아름답다. 원단에 까끌까끌한 은사가 섞여있어 어떤 주머니에 넣어도 직물 표면의 마찰 때문에 쉽게 빠지지 않는다. 주머니에 손을 넣어 이 지갑을 만지면 '안전하게 여기 있구나' 하는 생각에 불안이 가시곤 한다. 지갑을 만지는 습관은 아무래도 이 지갑 때문에 생긴 듯하다. 아쉽게도 가장자리가 닳아 지퍼가 빠져버렸다. 버리기 아까워 수선해서 쓸 방법을 궁리 중이다.

세 번째 지갑은 보라색 나팔꽃 자수가 새겨져 있는 벨벳 지갑이다. 보라색 꽃과 청록색 잎을 그려낸 도톰한 면사의 색감이 아름답다. 따뜻하고 보드라운 감촉이어서 겨울이 되면 가끔 들곤 한다. 손바닥만 한 반지갑이라 주머니가 큰 겨울 외투에만 들어간다. 어쩐지 러시아 모스크바에서 만든 것 같은, 빈티지한 느낌의 지갑이다.

네 번째는 2014년 일본 교토에 갔을 때 엔화를 넣으려고 샀던 부직포 지갑이다. 100엔 숍에서 구입했다. 허술하게 생겼지만 무척 가볍고 지폐가 잘 보여서 의외로 편리하다. 지폐별로 나누어 담을 수 있도록 입구가 나뉘어있다.

아직 가격표가 붙어있는 지갑도 있다. 2018년, 상하이에서 근무 중인 언니 집에 갔다가 기념품으로 산 비단 지갑이다. 지폐를 넣으면 3단으로 접히는 앙증맞은 사이즈인데 아주 가는 실로 짠 원단이라 매끄럽고 아름답다. 지퍼가 있고 작은 주머니에도 쏙 들어간다. 하지만 쓰지는 않고 모셔두는 중이다. 지갑이라기보다 수집품이라고 해야겠다.

그다음은 현재 쓰고 있는 지갑이다. 터키 지갑과 무늬만 다르고 크기와 형식이 똑같다. 그간 아쉬운 대로 다른 지갑들을 써봤지만 터키 지갑만큼 성에 차지 않았다. 그러던 어느 날 터키를 경유하게 되었는데 공항 기념품점에서 우연히 예전에 쓰던 것과 비슷

한 지갑을 발견했다. 아, 얼마나 반가웠는지 모른다. '기회는 지금이다' 하는 심정으로 지갑 여러 개를 골라 담았다. 겨우 삼십 분 남짓의 쇼핑이었지만 요즘도 이 지갑을 보면 터키 여행이라도 다녀온 것처럼 마음이 참 뿌듯하다. 그때 미니 지갑뿐만 아니라 통장이 들어갈 만큼 넉넉한 사이즈의 파우치도 샀는데, 이 파우치에는 현금과 문화 상품권, 쿠폰을 넣어 쓰고 있다. 미니 지갑은 손이 닿는 주머니에, 파우치는 가방에 챙겨서 필요할 때 꺼낸다. 미니 지갑은 한화로 고작 천 원, 파우치는 4천 원 정도의 가격이었지만 어떤 지갑보다 소중하게 느껴진다. '지금 쓰는' 지갑이라서일까?

중요한 소지품을 지갑 하나에 넣지 않고 나누어 쓰다 보니 많은 부분이 달라졌다. 중요한 것들이 한곳에 들어있어야 안심이 된다거나, 반대로 한꺼번에 다 잃어버릴까 불안한 기분이 들지 않는다. 지갑은 사용하면 사용할수록 나의 생활 패턴에 맞는 지갑을 자연스레 알게 된다. 한번 편한 지갑을 찾으면 다음 지갑은 더 수월하게 구매할 수 있다. 내게 맞는 지갑의 형태에 좋아하는 디자인과 색상이 더해지며 기호품으로 발전하는 것이다.

따라서 다른 사람에게 지갑을 선물하는 일은 신중해야 한다. 매일 쓰기 때문에 받는 사람의 기호에 맞지 않으면 무용지물이며 사람마다 선호하는 지갑이 다 다르기 때문이다. 두툼한 반지갑을 좋아하는 사람, 지폐를 접는 게 싫어 장지갑을 좋아하는 사람, 카드와 소지품이 많이 들어가는 지갑을 좋아하는 사람, 반대로 무조건 얇고 간결한 지갑을 선호하는 사람도 있다. 지퍼가 있어야만 안심하는 사람이 있는가 하면, 아무 장식 없이 단출한 지갑이 더 좋은 사람도 있다. 그러니 마음에 드는 지갑을 선물하려면 그 사람의 취향을 속속들이 알거나, 취향을 넘어서는 기대를 충족시켜야 한다. 이를테면 좋아하는 브랜드이거나 용도가 아예 다른 지갑 말이다. 기념품으로 지갑을 살 때는 내가 쓸 것만 사는 게 재화를 낭비하지 않는 길이다. 내가 '덤으로' 사려는 그 지갑이 남에게는 조금은 불편하거나 부담스러울 수 있다. 지갑은 철저한 기호품이니까.

옛날 지갑들 중에서 지폐 몇 장과 동전 여러 개가 남아있었다. 모두 24,500원이다. 조삼모사나 다를 바 없지만 마치 없던 돈이 생긴 것 같아 왠지 허튼 데 돈을 쓰고 싶다. 이 돈으로 체리를 사 먹어야지. 역시 물건은 함부로 버리면 안 된다. 지갑이라면 특히.

플라스틱 서랍, 믿음직한 나의 동지

    우리 집에 있는 파란색 플라스틱 서랍은 이제 19
살이 되었다. 창고와 매장에서 보낸 시간을 합하면 더
많은 나이를 먹었을지도 모른다. 플라스틱으로 만든 것
은 어쩐지 가구라고 부르면 안 될 것 같은 편견이 있지
만, 한때는 가구 행색을 하고 있는 것 중에 이보다 나은
것을 찾기도 어려웠다. 유복하지 않은 자취생의 상징인
왕자행거, 몇 번 들었다 놓으면 핀이 빠져버리는 조립식
종이 박스, 시트지가 벗겨져 위에 커팅매트를 깔아 쓰던
책상, 몸을 움직일 때마다 삐그덕 소리를 내는 침대…….
플라스틱 서랍은 그중에서도 내구성이 뛰어난 축에 속
했다. 만족을 모르는 나는 품이 넉넉하고 잘 열리는 말

쑥한 서랍장을 꿈꾸었지만, 서랍장 따위는 나와 동거인에게 별로 중요한 고민거리가 아니었다.

우리가 살던 집은 그야말로 문제투성이였다. 비가 오면 천장에 물 얼룩이 생기고 벽에 금이 간 베란다에는 발밑으로 야금야금 물이 새어 들어왔다. 옥상에 물이 차는 날에는 고무장화를 신고 직접 비질을 해서 고인 물을 하수구로 밀어 보냈다. 그러지 않으면 아래층에도 물이 새서 난리가 났다. 정말 시급한 일은 집주인에게 연락을 하고 방수공사와 도배를 요청하는 일이었다. 하지만 호락호락하지 않은 집주인과 대면하기 두려웠던 우리는 서로 눈치작전만 벌이고 연락은 하지 않았다(그 집주인이 두려웠던 이유는 설명하지 않겠다). 외면과 침묵으로 비가 지나가기를 기다렸다. 환경이 이렇다 보니, 곰팡이에 점령되기 쉬운 원목 가구보다는 플라스틱 서랍이 비교적 안전한 선택지였던 셈이다.

6칸짜리 서랍의 쓰임새는 늘 같았다. 위에서부터 차례대로 팬티, 브라, 양말, 민소매, 스타킹, 맨 아래 칸에는 스카프와 머플러를 넣었다. 모두 피부에 직접 닿는 것들이다. 볼품없다고 홀대하긴 했으나 정작 믿을 건 이 서랍뿐이었던 모양이다. 플라스틱 서랍은 책장과 같은 오픈형 수납 장이나 바구니보다 소중한 존재다. 먼지가 쌓이거나 이물질이 들어가지도 않고 바깥 습도의 영향도 받지 않는다. 웬만해서는 벌레도 생기지 않는다. 피부에 가장 많이 닿는 옷들을 안전성이 의심스러운 MDF 가구에 보관하느니 플라스틱이 훨씬 믿음직스러웠다.

실용성이 높은 플라스틱 서랍은 한국에서 꽤 인기가 많고 의외로 비싸다. 같은 부피라면 MDF 가구보다 값이 더 나간다. 옷가지가 들어가는 쓸 만한 크기의 서랍은 한 칸에 2만 원 남짓. 6칸이면 10만 원이 훌쩍 넘는다. 그 값이 아까워서 이사를 할 때도 플라스틱 서랍을 버리지 않고 챙겼다. 이 서랍과 함께 고난의 20대를 보낸 동거인은 딩장이라도 눈앞에서 이것을 치우려고 했지만 나는 계속 미련이 남았다. 물건을 버리지 못하는 사람에게 본전이란 물건의 가격이 아니다. 얼마나 오래 사용했는지도 중요하지 않다. 그 물건을 대체하기 위해 지불해야 할 미래의 돈, 그것까지가 본전이다. 다른 좋은 서랍이 공짜로 생긴다면 그때는 버릴 수 있을지도 모르겠다. 그게 아니면, 나는 어떻게든 이 서랍의 새로운 용도를 찾아낼 작정이었다.

곤궁했던 20대의 흔적을 안고 있기는 싫어서, 상처가 나거나 얼룩이 남은 부분은 과감히 버리기로 했다. 서랍을 분해해서 가장 깨끗한 두 칸만 남겼는데, 마침 욕실에 있는 세탁 선반에 크기가 딱 맞았다. 샤워 커튼으로 가리기 때문에 행여 서랍에 물이 튈 걱정은 없었다. 서랍을 넣고 뺄 때 밀리거나 튕겨 나오지 않도록 선반 바닥에 실리콘으로 프레임을 고정했다. 한 칸에는 속옷을, 다른 칸에는 몇 장의 수건을 접어 넣었다. 생각보다 많은 양이 들어갔다. 동거인은 '버리지 않기'에 심취한 나의 집요함에 어이없어하면서도 욕실에 수건과 팬티를 수납할 수 있다는 점을 반겼다. 며칠 사용해보고 난 뒤에는 나의 선견지명에 내심 감탄하는 듯 보였다(아마도).

플라스틱 서랍은 20주년을 맞기 전에 생애 첫 위기를 넘겼다. 이 녀석이 스무 살이 되면, 나는 마흔 살이다. 20대와 30대, 40대를 함께하는 가구가 하나쯤 있는 것도 신기하고 재미있는 일이겠지. 다음 위기가 언제일지는 모르겠지만 아마도 이 서랍은 제 몫의 자리를 차지할 것이다. 다시 새로운 역사를 품고.

짝퉁 스탠드 심폐소생술

짝퉁은 불쾌한 단어다. 뭐든지 짝퉁이란 단어가 붙
으면 겉모습뿐 아니라 제 기능을 다하는지에 대해서도
강한 의구심이 든다. 본질을 흐리기 위해 '이미테이션',
'~st(~스타일)'이라는 수식어를 붙이기도 하지만 베
껴 만든 물건이라는 본색은 가려지지 않는다. 그러나 본
래의 아이디어가 누구의 것이라도 소비자가 만족을 느
낀다면 진짜와 가짜 논쟁은 무의미해진다. 현재 이 시점
에도 이케아 가구의 구조와 소재, 아이디어를 그대로 베
끼는 회사들이 상당하지만 대부분의 소비자는 신경 쓰
지 않는다. 심지어 이케아에서도 이미 다른 데서 본 듯
한 디자인의 가구들을 찾아볼 수 있다. 저렴하고 쉽게

구할 수 있는 가구 중에서 '유일하고 독보적인' 디자인의 가구를 발견하기란 어렵다. 같은 가격에 배송이 편하다면 더 유리한 쪽을 고를 뿐이다. 자기가 소유한 물건에 짝퉁이라는 멸시의 표현을 쓴다면, 첫째는 그 물건이 만족스럽지 못하기 때문이고 둘째는 그 물건을 선택한 자신에 대한 자조가 담겨있는 것일 테다.

내가 거실 스탠드를 '짝퉁'이라고 부르는 것도 불만이 많아서다. 이 스탠드는 무려 8년 동안 우리 집에서 한자리를 맡아왔다. 빛에 예민한 눈을 가진 탓에 해가 지면 천장 등을 끄고 여러 개의 스탠드 조명으로 저녁과 밤을 보낸다. 그중에서도 키가 큰 거실 스탠드는 천장으로 쏘아 간접조명으로 사용했다. 그간 기여한 공로에 비해서는 멸시를 받아온 것이다. 시세보다 저렴하게 구입한 물건들의 공통적인 운명이라고 할까.

이 조명을 구입할 때만 해도 이케아라는 브랜드를 잘 몰랐다. 한국에 매장이 없었고, 이케아 가구를 써본 적도 없었다. 짝퉁인 줄 모르고 짝퉁을 산 셈이다. 소비자로서는 가격 대비 성능에 있어 매우 합리적인 결정이었지만 나중에 알고 나서는 마음속에 미움이 자라났다. 써본 경험으로 말하자면 이 디자인은 구리다. 미적으로는 그렇지 않지만 물리적으로 구리다. 스탠드의 키는 큰데 몸체가 가늘고 받침이 충분히 무겁지 않다. 긴

몸체는 여러 개의 파이프를 돌려서 고정하는 방식인데, 내부 나사의 길이가 짧아서 고정해도 기우뚱하고 얼마 지나지 않아 느슨하게 풀린다. 게다가 스위치가 몸체 중간에 있어서 미적으로도 좋지 않고 전선이 조금만 걸려도 스탠드가 휘청거린다. 혹시라도 넘어져서 전구가 깨진다면 화재의 위험도 높다. 딱 3만 원짜리 저렴한 가격에 알맞은 수준의 조명이었다. 나는 내가 치른 값은 생각지도 않고 막연히 분노했다. 이게 무슨 '스탠드' 조명이야! 제대로 서지도 못하는 게. 역시 짝퉁인가?

몇 년 뒤, 이케아 매장이 한국에 들어서고 본래 모델인 레르스타LERSTA를 눈으로 보고 나서야 오해가 풀렸다. 구린 것은 이케아 제품도 마찬가지였다. 불편한 조건들을 인내할 수 있는 도량 넓은 소비자들을 위한 저가품일 뿐이었다. 짝퉁이어서 허접한 게 아니라 허접한 놈을 따라 만든 것이어서 그토록 내게 욕을 먹은 것이다.

오해가 풀렸다고 짜증 나는 부분이 즉시 사라지는 것은 아니다. 그렇다고 버릴 이유도 없었다. 낮에는 별로 눈에 띄지 않는 구석에 놓여있고, 저녁에 불을 켜면 몸체는 어둠 속에 가려져 은은하고 따뜻한 전구의 빛만 눈에 들어온다. 그 빛이 주는 긍정적인 기억들은 계속 쌓여가고, 불편한 물건을 불편하게 쓰지 않는 방법을 터득하면서 나는 점점 더 물건에 익숙해지고 있었다.

파이프 연결 부위가 기어코 망가졌을 때, 검은색 테이프를 둘둘 감아 기우뚱한 상태로 내버려두었다. 어차피 망한 거 조금만 더 써보자 싶었다. 이 저렴하고 불편한 것을 어디까지 쓰는지 스스로 내기를 한 것 같다. 잘못 선택한 죄를 물어 불편을 좀 더 견뎌보라고.

이사를 하면서 마침내 예쁘고 안정적이고 편리한 거실 스탠드를 장만했다. 그럼 이제 이 스탠드는 완전히 과거 속으로 사라지게 되는가? 혹시 이 낡고 병든 스탠드를 더 쓸 곳이 있을까? 제 버릇은 어디 못 준다고, 어느 심심했던 오후에 나는 고칠 게 없나 집 안을 두리번거리다 현관문 앞에 내놓은 스탠드에 손을 댔다. 분노를 자아내던 긴 전선을 절단해 스위치와 몸체를 분리했다. 테이프로 감아두었던 낡은 파이프 2개를 제거하고 나머지를 다시 조립한 뒤, 전선의 피복을 벗기고 스위치의 뚜껑을 열어 짧게 연결했다. 키가 큰 거실 스탠드가 탁자 위에 올리는 아담한 스탠드가 된 것이다.

키가 작아 흔들리지 않고 작은 전등갓도 잘 어울린다. 이제야 제 몸을 감당하는 균형 잡힌 조명이 되었다. 현관에 조명이나 센서 등이 따로 없어 불편하던 차에 굳이 천장이나 벽을 뚫지 않고 스탠드 조명으로 시야를 해결하니 더 뿌듯한 기분이 든다. 스위치는 신발장 뒤쪽 벽에 단단히 고정해 벽 스위치와 같이 사용하고 있다.

물건을 직접 고치거나 손을 대서 변화를 주고 나면 그 물건은 버리기 힘들다. 나의 선택으로 그 물건에 새로운 역사가 시작되었기 때문이다. 짝퉁의 오명을 안고 살아온 스탠드가 여러 번의 위기를 넘기고 집으로 들어오는 이들을 반갑게 맞아주는 불빛이 되었다. 또 언제 망가질지, 다음에는 어떤 신세가 될지 장담할 수는 없지만 미래가 어찌 되든 그의 과거는 오롯이 남을 것이다. 모습을 바꾸어가며 방 안을 비추었던 날들을 기억해줄 사람들이 있기 때문이다.

빈티지를 사랑하는 사람

중고 물건에는 내가 모르는 사연이 있다.
그것이 중고 물건의 매력이다.

'누가 돈 주고 그런 걸 사'의 '누구'입니다

    '새것'이 주는 짜릿함이 있다. 물건을 구매해 포장을 벗기고 스스로 이 물건의 소유자임을 확인하는 순간, 짧지만 강한 쾌감을 느낀다. 일상적으로 물건을 사용할 때 느끼는 감정보다 처음 만났을 때의 설렘이 더 크다. 물건이 곁에 있는 게 당연해지면 나는 그 물건을 잊는다. 더는 새롭지 않고 이미 생활의 일부가 되었기 때문이다. 물건을 소유한다는 건 그 시점부터 물건에 대한 욕망을 잊어버리게 되는 일인지도 모른다.

    누군가 이미 소유했던 물건을 나는 중고라고 부른다. 잠시 '가지고만' 있었던 미개봉 신상품은 중고로 분류하지 않는다. 포장을 벗기고 한 번이라도 사용했을 것, 사용하지 않았더라도 어딘가 장식해두어 사람의 눈길을 받아온 물건들, 그런 중고를 나는 사랑한다.

중고품 가게의 먼지 쌓인 물건들 속에서 마음에 쏙 드는 물건을 발견할 때. 그건 마치 어린 시절에 잃어버렸던 아주 소중한 물건을 되찾은 것처럼 기쁘다. 100달러짜리 싸구려 창고 경매에서 남들이 몰라본 유명 화가의 진품 명화를 나 혼자 알아본 것 같은 우월감에 취하기도 한다. 겨우 몇천 원, 몇만 원에 이런 착각에 빠질 수 있다니 나도 참 실없는 인간이다.

남이 한참 쓰던 것이라도 내게는 새것이다. 물건에겐 내가 첫 사람이 아니어도 나에게는 그 물건이 처음이니 말이다. 그것도 머지않아 당연해지는 날이 오겠지만 중고 물건과의 첫 만남은 특별하고 오래 기억에 남는다. 그 물건이 내 손으로 들어오는 과정에 여러 우연과 인연이 겹쳐야 하기 때문이다.

중고 물건을 만나는 방법은 여러 가지다. 아는 사람에게 받는 것, 중고품을 파는 가게에서 사는 것, '중고나라'와 같은 온라인 중고 거래 사이트나 '당근마켓' 같은 모바일 중고 거래 앱을 이용하는 것…. 모두 열거하기 어려울 정도다. 이 모든 방법 가운데 운명적이지 않은 만남은 하나도 없다. 생산 이후 한꺼번에 유통되어

불특정 다수의 소비자에게 전달되는 신상품과는 사뭇 다른 과정이다.

나는 적극적으로 운명의 물건을 찾으러 서울의 동묘시장을 자주 들렀다. 집을 나설 때는 사도 그만, 안 사도 그만이라며 나들이 기분을 한껏 내지만 막상 두어 시간 안에 마음에 드는 물건을 하나도 못 구하면 초조해진다. 헌책방을 뒤져 낡은 잡지 한 권이라도 사야 안심이 된다. 동묘시장은 구제 의류를 사러 오는 패션계 종사자들과 힙스터들로 인해 더 유명해졌지만 사실 온갖 자질구레한 물건을 다 판다. 향수가 늘어있지 않은 향수병, 빛바랜 우표첩, 심지어 누군가 군대에서 쓴 일기…. 동묘시장은 그 자체가 마치 현대사 체험관이라고 부를 수 있을 정도로 지난 몇십 년간 쌓인 타인의 역사와 기록을 길마다 잔뜩 늘어놓는다. 중고만 파는 게 아니라 새 물건도 판다. 수세미, 샤오미 보조배터리, 각종 공구, 어르신들이 좋아하는 옛날 과자, 사탕 같은 것들. 이곳의 판매자는 대부분 장년층이다. 전문 상인도 많지만, 고물을 수집하고 수선해 파는 사람도 그만큼 많다.

시계를 좋아하는 나는 동묘시장에 가면 오래된 탁상시계와 손목시계를 열심히 관찰한다. '누가 돈 주고 그런 걸 사나?' 싶은 것들을 몇 번이나 돈 주고 샀다. 부속품을 얻으려고 망가진 목걸이나 팔찌 등도 종종 샀다. 해외에서 건너온 고물 상자를 뒤져 도자기로 된 수저받

침을 샀고, 먼지 쌓인 진열대에서 예쁜 화병을 발견하기도 했다. 의류, 빈티지 찻잔, 앤티크 가구처럼 수요와 공급이 많은 장르는 전문 판매점이 꾸려지기도 하지만, 대부분의 중고는 이것저것 한데 뒤섞여서 판매된다. 똑같은 상품도 사용했던 사람에 따라 컨디션이 다르고 파는 사람에 따라 가격도 천차만별이다. 대중적인 브랜드의 경우 판매가가 어느 정도 합의되어 있지만 어떤 물건들은 100% 파는 사람 마음인 게 중고 물건이다.

한때 빈티지 유리컵에 빠진 적이 있다. 국내 최대 중고 거래 사이트인 중고나라를 중심으로 온라인 중고 마켓이나 블로그 판매 글을 뒤지며 1970~80년대에 생산된 유리컵들을 구경하곤 했는데 조금 비싸다 싶은 가격이 대부분 만 원 이하였다. 4천 원에서 5천 원대가 대부분이고 잘 만든 캐릭터의 대명사인 88올림픽 마스코트 호돌이가 새겨진 기념 유리컵은 예외적으로 만 원대에 팔렸다(도자기 컵은 3만 원대까지 오른다). 생산량이 많아 구하려고 마음만 먹으면 구할 수 있는 것이 빈티지 유리컵이지만 희귀한 물건은 팔리지 않아도 가격이 내려가지 않는다. 파는 사람 마음에는 저렴한 가격이 도저히 납득이 되지 않는 것이다.

한편, 마음에 드는 물건을 발견하기만 한다면 구매자에게도 중고 물건의 가치가 새것보다 특별해진다. 새

것을 구매할 때에는 기존 구매자들의 상품 평에 기대거나 품질과 맵시가 보장된 것을 고르면 되지만, 중고 물건은 오직 나의 눈썰미와 순간의 선택에 달려있다. 유행은 이미 지났고 누군가 사용한 흔적이 있기에 최선의 것을 구하려고 애쓰지 않아도 된다. 쓸모없어도 예쁘다면 살 수 있다. 중고 물건은 환경을 더럽히거나 새로이 자원을 낭비하는 게 아니라는 위안도 든다. 쾌락적 소비는 말 그대로 즐겁지만 돌아서면 허망하고 죄스러운 면이 있는데, 먼지 쌓인 낡은 가게에서 고물 더미를 뒤적이는 일은 말끔한 매장에서 반짝거리는 새 물건들을 구경하는 것보다 마음이 편하고 자유롭다.

중고의 특별함은 그 물건을 가졌던 옛사람의 흔적을 발견할 때에 더 커지기도 한다. 전에 당근마켓을 통해 구한 가정용 오디오 '산요SANYO 미니 컴포넌트'는 카세트테이프가 들어가는 것으로 최소 20년은 된 물건이다. 이것을 내게 판매한 사람은 40대 후반의 중년 여성으로 말씨가 간결하면서도 다정했는데, 이 미니 컴포넌트로 음악을 틀 때마다 종종 그분이 떠올라 속으로 웃곤 한다. 리모컨 뒷면에는 어른스러운 영문 글씨로 'M.Y. S.T.A.R.'과 커다란 별 그림, 'Kiss me'라는 낙서가 되어 있다. 컴포넌트 앞면에는 2000년대 초반에 유행했던 한 문구 캐릭터의 스티커가 붙어있었다. 어쩐지 왕가위의 영화와 장국영을 좋아하고, 사이먼 앤드 가펑클Simon And Garfunkel이나 카디건스Cardigans 같은 그룹의 음악을 들었을 것 같은 섬세한 소녀가 그려진다. 실제로 그가 어떤 인물인지는 그리 중요하지 않다. 내 마음대로 상상의 나래를 펼쳐보는 것이다. 다시는 만나지 않을 사람이기에.

가끔은 나에게 물건을 판매한 사람의 안부가 궁금하다. 러시아 모스크바를 여행하며 들른 한 벼룩시장에서 질척한 눈 바닥에 쭈그려 앉아 찻주전자를 팔던 할머니는 지금 어떻게 지내실까? 주전자와 뚜껑의 짝이 맞지 않아 결국 못 쓰고 있는 걸 알면 까탈스럽다고 여기시려나. 블로그에서 프랑스 빈티지 찻잔을 팔던 사람은 지금 어떻게 지내고 있을까? 여행을 다니기 위해 가지고 있던 모든 그릇을 처분하고 팔리지 않은 것들은 깨버리는 퍼포먼스를 했는데, 혹시 떠나보낸 그릇들이 그립지는 않을까. 내가 소중히 여기는 찻주전자와 찻잔들은 모두 중고로 산 것들이라, 차를 마실 때마다 내게 물건을 팔았던 이들이 떠오른다. 얼굴 한 번 본 적 없지만 어딘가 연결된 사람처럼 느껴진다.

직접 거래한 물건과 달리, 시장에서 구매한 물건들은 주인을 상상하기 어렵다. 그런데 가끔 옛 주인에 대한 실마리가 담겨있는 물건을 보면 괜히 욕심이 난다. 동묘시장의 고물 더미 안에서 발견했던 한 손목시계 뒷

면에는 어느 기관장의 이름이 새겨져 있다. 그는 어떤 사람일까? 이 시계를 버리거나 판 사람은 본인일까, 가족일까? 비슷한 가게에서 구매한 또 다른 시계에는 '전국연합노동조합연맹'이라고 적혀있다. 손목 굵기를 알 수 있을 만큼 시곗줄이 닳았다. 그는 이 시계를 차고 어떤 일들을 했을까. 이것과 같은 시계를 가진 사람은 몇이나 될까? 중고에는 이야기가 있고 상상의 여지가 있다. 내가 팔았던 물건에도 남이 모르는 나의 이야기가 숨어있는 것처럼.

길 가다 탐색하는 사람

집을 나서면 눈이 바빠진다. 앞집 감나무에 잎이 얼마나 늘었는지도 봐야 하고, 전깃줄에 앉아서 동료를 부르는 직박구리의 바짝 선 머리 깃도 봐야 한다. 대문 앞에 버려진 담배꽁초가 얼마나 늘었는지도 확인하고 전철역으로 향하는 길옆에 버려진 물건들도 훑어봐야 한다. 남들이 수상하게 여기지 않을 정도로 빠르게 곁눈질하며 내 앞에 놓인 모든 것을 탐색한다. 이 일련의 행위들을 마치 전투에 임하는 것과 같이 전방의 모든 것을 샅샅이 살핀다는 의미로 '스캔한다'고 이름 붙였다. 집에서 먼 동네를 갈 때는 '스캔'하는 스위치를 끈다. 어차피 무언가를 득템해도 집까지 들고 오지 못할 테니까.

주택가를 다녀보면 그 동네 사람들이 내놓은 물건들이 골목 여기저기 늘어서 있다. 보석함이나 나무 소반같이 낡고 오래되어 쓰임을 다한 물건들도 있고, 고장난 의자, 바퀴가 닳은 캐리어 가방, 낡은 솜이불같이 흔한 쓰레기도 있다. 그러나 길 위에 있다고 다 버려진 물건은 아니다. 동네 사람들이 자기 집 앞에 내놓은 물건 중에는 아직 쓰고 있는 것들도 있다. 어떤 이들은 불법 주정차를 막을 용도로 집 앞에 의자를 두어 영역표시를 한다. 가까이 가서 보면 '주정차 금지' 또는 '가져가지 마시오'라고 쓰여있을 때가 있다. 실가에 줄지어 놓인 화분들도 함부로 손을 대서는 안 된다. 흙먼지투성이에 낡아 보여도 누군가 여전히 쓰고 있는 것일 수도 있다. 동네의 화분은 집 밖에 보관해두는 임시 텃밭에 가깝다.

내 몫이 아닌 것들이 많은데도 동네를 스캔하는 이유는 어쩌다 마주치는 행운을 놓치지 않기 위해서다. 가졌던 사람에게는 지겹고 낡은 물건이라도 발견하는 사람에게는 충분히 매력적일 수 있다. 단, 길에서 물건을 주울 때는 스스로 다음과 같은 까다로운 감정을 거쳐야 한다. 주울 때는 공짜여도 그 이후는 나의 몫이니.

- 첫눈에 반할 만큼 예쁘거나 원래 구하려던 물건일 것.

- 집 밖으로 나온 지 얼마 안 된 깨끗한 물건일 것.
- 같이 들어다 줄 사람이 없다면 혼자 들고 갈 수 있는 무게일 것.
- 시중에서 구하기 쉽다면 구태여 줍지 않을 것 (희소성).
- 노상에 있으므로 비를 맞거나 벌레가 생기지 않았는지 확인할 것.
- 집에 가져가면 별다른 노력 없이 당장 사용할 수 있는 물건일 것.

위 여섯 가지 기준을 거치면, 막상 줍게 되는 물건은 그리 많지 않다. 몇 번의 실패가 있었지만 나름 까다롭게 주운 물건들은 아직도 사용 중이다. 전에 살던 동네에서 주운 나무 트레이는 목질이 단단하고 칠이 잘되어 있어서 몇 년 동안 찻주전자와 찻잔을 두어 장식용으로 쓰다가 지금은 작은 화분들을 받쳐두는 용도로 쓴다. 작은 소품은 운반이 쉬운 데다 물건의 쓰임이 다하더라도 부담이 적고, 특히 자연 소재로 만들어진 것들은 쉽게 질리지 않는다는 장점이 있다. 물론 상태가 멀쩡한 것을 구하는 일이 하늘의 별 따기이지만.

작년에는 앞집 사람이 이사를 하며 내놓은 식탁 의자와 키가 큰 화분을 주웠다. 빛바랜 쿠션에는 예쁜 패브릭을 씌웠고, 꽃무늬가 새겨진 사각 도자기 화분은 현관에 놓아 우산꽂이로 사용 중이다. 비슷한 시기에 공사장 인근에서 피아노 의자를 하나 주웠는데, 구석구석 잘 닦았더니 새것처럼 깨끗했다. 뚜껑을 열어 미니 컴포넌트를 올리고 음반들을 놓아 서재에 장식했다. 스피커는 바닥에서 떨어져 있어야 제소리를 내는 법이고 피아노 의자는 본래 음악과 관련 있는 물건이기에 이래저래 컴포넌트와 잘 맞는 짝이 되었다.

그동안 열심히 탐색해온 것치고는 주운 물건이 많지 않다. 길에서 좋은 물선을 만나기가 이토록 쉽지 않으니 발견하면 행운이라고 부를 수밖에. 사람과 사람 사이에 인연이 있듯이 물건과 사람 사이에도 인연이 있다. 좋은 인연을 붙잡으려면 언제나 센서를 켜두어야 한다. 골목을 지날 때마다 보는 듯 안 보는 듯 길 위의 물건들을 스캔하며 걷다 보면 언젠가 또 인연을 만날 것이라 믿는다. 그 물건과 내가 서로의 운명이라면 말이다.

당근마켓 중독자

나는 스스로를 '버리지 못하는 사람'이라고 하면서도 버리겠다고 정한 물건들은 미련 없이 그냥 버려왔다. 폐기물 스티커를 구입하거나 쓰레기 종량제 봉투만 있으면 결정은 한결 쉬워진다. 그런데 온라인 중고 마켓에 물건을 파는 이들을 보면 나의 진정성이 의심된다. 지금도 중고 마켓 페이지를 열면 '어, 나는 이거 그냥 버렸는데' 싶은 물건들이 판매되는 것을 마주한다. 동묘 시장과 중고 재활용 마켓인 '아름다운가게'를 좋아하고 길에 버려진 물건들까지 탐색하며 걸어 다니는, 이른바 물건 중독자이면서도 어쩐지 나는 온라인 중고 거래와는 거리가 먼 생활을 하고 있었던 것이다.

그러다 '당근마켓'을 알게 되었다. 당근마켓은 '당신 근처의 마켓'이라는 의미로 가까운 거리에 사는 사람들끼리 직거래할 수 있는 중고 마켓 앱이다. 대부분 비대면 방식으로 거래되는 기존 온라인 중고 마켓과 달리 직접 만나 거래하는 '직거래' 사용자가 많고, 서로의 거래 매너를 평가할 수 있어 상대의 신뢰도를 미리 가늠해 볼 수 있다. 온라인의 신속성과 직거래의 장점이 혼합된 마켓이다.

당근마켓을 시작한 건 이사 때문이었다. 이사를 하면 버리기를 미뤄왔던 묵은 짐들을 한 번에 처분하게 되는데 이 작업이 만만치 않다. 이사를 준비하는 동안에는 다른 생각을 하는 것이 거의 불가능할 정도로 힘이 든다. 버릴 게 있다면 당장 버려야 마음이 후련하고, 그러지 못하면 짐이 되어 이사 날까지 적잖이 스트레스를 받는다. 하지만 동네 직거래라면 이야기가 좀 다르다. 당근마켓은 판매 정보가 노출되는 구역이 한정되어 있다. 내 물건을 전국의 사용자가 무작위로 볼 수 있는 것이 아니라 나와 가까이 살거나 적어도 최근에 이 동네에 왔어야 한다. 일주일마다 위치정보를 이용해 '동네 인증'을 받아야 그 동네의 판매 목록을 볼 수 있는 것이다. 그래서 직거래가 성사되는 확률이 높다. 빠른 처분이 가능하다는 얘기다. 전문 중고 판매상이 아니라면 중고 물건은 즉각 처분하는 것이 제일 중요하다. 이사를 했거나 할 예정이라면 더 그렇다. 물건이 빨리 처분되지 않으면 나에게 필요 없는 물건이 공간을 차지하는 시간만 길어질 뿐이다.

나의 첫 '당근'은 철제 선반과 의류 행거였다. 둘 다 작업실 공간에 맞지 않아 버려야 했는데, 그냥 버리기는 너무 아까웠다. 밖에 내다 놓으면 동네의 고철 수집가들이 몇 시간 내에 가져간다는 걸 알았지만 관리만 잘하면 1O년도 더 쓸 수 있는 튼튼한 물건이 당장 고물이 되는 것을 상상하기가 싫었다. 원형 그대로, 본래 쓰임새로 좀 더 사용되었으면 하는 바람이 컸다.

당근마켓에 내놓은 지 3시간도 안 되어 문의가 쇄도했다. 이동 가능한 선반이나 수납 가구, 행거 등은 당근마켓에서 자주 거래되는 물품이다. 올라오는 게시물의 수는 의류나 패션 잡화가 압도적으로 많지만 그 수에 비해 많이 팔리지는 않는다. 몇천 원도 돈인지라 쉽게 쓰지 않는 것이다. 낱개 물건보다 수납 가구의 인기가 높은 것을 보면 물건을 정리하는 일이 사람들에게 얼마나 절박한 일인가 하는 생각도 든다.

당근마켓을 가장 열심히 들여다보는 이들은 집을 정리 중이거나 곧 이사하는 사람들이 아닐까 싶다. 한 번에 많은 물건을 올리는 이들 중에는 가게를 접으면서

집기를 처분하는 자영업자도 많다. 거래 날짜만 잘 맞춘다면 신상품보다 훨씬 좋은 품질의 물건들을 거저 얻다시피 할 수도 있다. 침대, 옷장, 매트리스, 냉장고같이 덩치 큰 가구와 가전제품은 버리는 비용이 꽤 들기 때문에 헐값에 처분하거나 무료 나눔을 하는 판매자도 많다. 이사를 계획 중이라면 판매하는 입장이든, 구입하는 입장이든 당근마켓이 걱정을 조금 덜어줄 수 있다.

마켓에 내놓은 철제 선반과 의류 행거는 둘 다 만원에 팔았다. 구매자들이 집 근처로 와서 편하게 거래했다. 직거래 시에는 안전을 위해 상세 주소를 노출하지 않는 편이 좋으며 사기를 예방하기 위해 CCTV가 있는 편의점이나 파출소 앞에서 거래하는 팁도 공유되고 있다. 현금이 부족할 때를 대비해 은행 근처에서 거래하는 경우도 많다고 한다. 버려야 할 물건을 필요한 사람에게 보내고 약간의 현금을 회수하다니, 거래를 하고 나면 마치 대단한 일을 해낸 것 같은 성취감이 든다. 작업실을 정리하는 동안 나는 자연스럽게 당근마켓에 중독되었다.

내 계정의 판매 목록을 훑어보면 '이런 것도 팔았어?'라든가 '이걸 산 사람이 있다고?'라는 의문이 드는 물건이 몇 개 있다. 중고 마켓에 중독된 사람들은 무엇이든 팔고 다시 산다. 지금 우리 동네의 판매 목록에도 믿기 어려운 품목들이 눈에 띈다. 사용했던 샤워기 헤드, 수집한 불상, 개봉한 슬라이스 치즈, 심지어 비디오 헤드클리너같이 1980년대 이후에 태어난 사람이면 잘 모르는 품목도 있다. 오늘 하트(관심)를 누른 물건은 공중전화 카드다. 시장을 직접 둘러보는 것만큼 스마트폰으로 중고 물건을 구경하는 재미도 쏠쏠하다. 궂은 날씨를 걱정하거나 발품을 팔 필요도 없으니 말이다.

간혹 "이게 뭔지는 모르겠지만 살 사람 있으면 연락 바랍니다" 같은 글도 올라온다. 주로 가족이 쓰던 취미 용품이나 악기 부품, 전문 도구 등이다. 사은품이나 남한테 공짜로 얻은 물건들도 마켓에 자주 올라오는데, 나도 쓰지 않는 플라스틱 식기와 저장용기 등을 몇 번 팔았다. 다이소처럼 저렴한 생활용품점이 집 주변에 많은데도 중고 마켓에서 거래된다는 게 놀라웠다. 언제나 구할 수 있는 새 물건보다 중고 거래를 사랑하는 사람들에게 당근마켓은 재미있는 놀이터이자 취미생활이 아닌가 한다.

주로 이용했던 직거래 장소가 유명 제과점 앞이었기 때문에 몇천 원이 손에 들어오면 빵을 사서 돌아올 때가 많았다. 그래서 거래하러 나갈 때마다 동거인에게 "빵 값 벌어 올게"라는 말을 관용어구처럼 쓰기도 했다. 하지만 사람 사이의 일이라 늘 쿨거래만 하게 되지는 않는다. 상대가 약속을 어겨 헛걸음을 하거나 당일에 연락을 받지 않는 경우도 종종 발생한다. 중고 거래에는 그만큼 변수가 많다. 내가 올린 물건이 고작 몇천 원에 불과하다면 동네에서 거래를 하더라도 오히려 손해인 경우가 있다. 그래서 나는 나름대로 규칙을 세웠다.

나의 당근마켓 이용 원칙

· 2천 원 이하로 판매할 물건이라면 기부할 것
거래는 재밌기도 하지만 귀찮기도 하다. 크게 이득이 되지 않는 물건은 거래를 포기하고 기부하는 편이 현명할 수 있다.

· 거래 장소와 시간을 정확하게 명시할 것
내가 정한 조건에 응할 수 있는 구매자들이 연락을 하도록 유도해야 나의 기회비용이 적게 든다.

· 물건의 상태와 구성을 빠뜨리지 않고 적을 것
사이즈와 색상, 물건의 상태를 처음부터 상세하게 기입하면 소모적인 질문과 답변이 오가는 수고를 줄일 수 있다.

· 정직하게 사진을 찍어 올릴 것

무조건 새 물건이라고 우기지 않고, 상한 부분이 있다면 자세하게 찍어 올린다. 신뢰는 나만의 것이 아니라 마켓을 공유하는 모두의 것이다.

· 무료 나눔은 되도록 하지 않을 것

경험상 무료 나눔은 알맹이 없는 다수의 관심만 쏟아질 뿐, 정말로 거래할 사람을 만나기까지 정신력이 많이 소모된다. 공짜라는 건 필요하지 않아도 찔러보는 사람이 많고 그만큼 절실하지 않기 때문에 약속을 무단으로 취소할 확률도 높다. 거래 상대와 연락을 취하거나 직거래 장소로 이동하는 것도 나의 비용이므로 계산에 포함해야 한다. 무료 나눔을 하고 싶다면 따로 기부할 곳을 찾는 편이 낫다.

당근마켓을 비롯한 중고 마켓을 이용하면서 가장 재미있는 점은, 내가 생각보다 물건을 자주 사게 되지 않는다는 것이었다. 중고 물건이 신상품보다 더 저렴하긴 하지만 번거로운 면이 있다. 파는 사람과 연락해야 하고, 때로는 만나야 한다. 택배는 사기 피해를 감수해야 하기에 더 신중해진다. 그뿐만이 아니다. 많은 사람이 동시에 비슷한 물건을 판매한다면, 그 물건이 나에게도 필요 없음을 확신하게 된다.

집에서 감자튀김을 해 먹을 욕심에 에어 프라이어를 구입한 적이 있다. 친구들과 닭날개튀김을 몇 번 해 먹었으니 본전은 찾은 셈이지만 결국 얼마 지나지 않아 당근마켓에 팔았다. 산 지 얼마 안 된 물건을 다시 파는 건 실패를 인정하는 일이고, 허무한 일이다. 집에 컨벡션 오븐이 있다면 에어 프라이어는 전혀 필요 없는 물건이라는 사실을 모르고 그저 유행 따라 물건을 샀다가 벌어진 일이었다.

입소문을 타고 있는 물건도 섣불리 판단하지 않고 기다렸다가 중고 마켓에 들어가본다. 내가 사려던 그 물건이 한두 달 안에 중고 매물로 올라오기 시작하면 사지 않는 쪽으로 마음이 기운다. 당근마켓에서 물건을 샀다가 다시 당근마켓에 파는 걸 '재당근한다'라고 부르는데, 이렇게 올라온 물건은 쇼핑 목록에서 얼른 지운다. 물론 아주 싸게 나오면 경험 삼아 한번 사볼 수는 있다. 하지만 굳이 위험을 감수할 필요가 있을까 싶다.

예를 들어 와플 메이커나 전기 그릴 등의 주방 가전이나 블루투스 스피커, 이어폰 등은 유행에 따라 판매량이 훅 뛰고 증정품으로도 인기를 끌지만 얼마 안 가 중고 마켓에 매물이 올라온다. 가성비가 나쁘거나 실제로 쓰기에 그다지 편리한 물건이 아니라는 반증이다. 매체에 자주 노출되어 유명한 제품이라도 중고 판매량이 늘면 '역시 안 사길 잘했다'는 뿌듯함이 밀려온다.

이러한 이유 때문에 당근마켓을 쓰고 나서 물건을 사는 것에 대한 허들, 즉 심리적 장벽이 높아졌다. 견물생심이라 보는 만큼 갖고 싶어진다지만 한편으로는 '남한테 필요 없는 물건이 나에게 꼭 필요할까?'라는 생각이 드는 것이다. 쇼핑은 사고 싶은 것을 사는 용기가 필요한 일이기도 하지만, 사지 않을 용기를 얻는 일이기도 하다.

뜬금없이 물욕이 솟구칠 때는 당근마켓에 들어가 본다. 중고 물건들을 한참 보고 나면 물건을 사는 게 번거롭고 귀찮아진다. 스크롤을 내리다가 점점 다른 물건에 눈길이 가고 정작 사려던 물건을 까맣게 잊는 경우도 허다하다. 물욕을 퇴치하기 위해 중고 마켓을 이용하는 기막힌 선순환. 일반 쇼핑몰처럼 당장 결제하고 배송시킬 수 없는, 휴대폰 액정 너머에 동네 사람이 있는 중고 마켓. 역시 재미있는 시장이 아닐 수 없다.

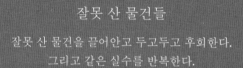

잘못 산 물건들

잘못 산 물건을 끌어안고 두고두고 후회한다.
그리고 같은 실수를 반복한다.

사람은 후회할 걸 알면서도 사잖아요

'내가 이걸 왜 샀을까.'

물건을 사용하다 잠시라도 그런 생각이 든다면, 잘
못 산 물건이다. 불편함을 깨달았을 때 빠르게 정리하
면 좋으련만, 나는 잘못 산 물건을 기어이 끌어안고 살
며 두고두고 후회하는 인간이다. 내가 잘못 산 물건들
은 온라인보다 오프라인으로 구매한 경우가 더 많다.
온라인 쇼핑은 배송 후에 물건을 볼 수 있기 때문에 더
꼼꼼하게 따진 다음 결제 하는데, 현장에서는 다르다.
미처 대비하지 못한 여러 요소가 나의 합리적인 소비
를 방해한다.

그럼 도대체 물건을 잘못 사는 이유는 무엇일까? 내 소비 습관을 돌아보았다.

· 물건의 한 가지 특징에 꽂힌다

평소 나의 옷차림은 평범하기 이를 데 없다. 딱히 시선이 머무를 데 없는 무난한 바지와 셔츠, 무채색의 외투를 즐겨 입는다. 그러나 빈티지 옷 가게에 가면 대다수의 사람이 절대로 입지 않을 옷들을 한참 들여다본다. 자개단추가 잔뜩 달린 원피스, 민속의상처럼 화려한 자수가 놓인 셔츠, 패치워크로 만들어진 도톰한 두께의 치마 같은 것들이다. 지금도 옷장 안에 그런 옷이 몇 벌 있다. '언젠가는 입을 거야'라며 보관하고 있지만 나조차도 확신은 없다. 솔직히 말하면 '옷을 산다'는 명분으로 예쁜 천과 레이스, 단추, 자수 장식 등을 수집한 것이니까.

· 사지 않으면 손해 보는 기분이다

마트에 가면 '원 플러스 원(1+1)' 같은 각종 이벤트의 함정에 걸린다. 분명히 쇼핑 리스트에 없었는데 덥석 카트에 넣고 뿌듯해한다. 수량이 한정되어 있다면 더 절박해진다. 싸우는 대상이 있는 것도 아닌데 지기 싫은 마음에 물건을 사고, 상술에 넘어가 결국 진다. 사지 않으면 손해 보는 기분이라니. 애초에 아무것도 사지 않으면 마이너스 0원인데 말이다.

· 남이 권하는 물건을 거절하지 못한다

다른 사람이 물건을 권할 때, 물건에 대한 생각보다 그 사람의 뛰어난 언변이나 카리스마에 이끌려 구매할 때가 있다. 반대로 남이 나에게 권유하는 상황 자체를 못 견디는 나머지 그 자리에서 도망치기 위해 필요 없는 물건을 사기도 한다. 그래서 나는 무엇이든 권유하는 사람이 있으면 그 자리를 빨리 피한다. 매장 앞에서 나와 눈을 마주치는 사람을 피하고, 마트에 가도 시식 코너가 보이면 얼른 지나친다(그러지 않으면 사게 된다). 전자 기기는 매장이 아닌 온라인 마켓에서만 구매하고, 텔레마케팅으로 추정되는 전화는 아예 받지 않고 차단한다. 거절을 잘 못 하는 사람으로 30여 년을 살면서 깨달은 생존법인데, 거절하지 않기 위해 먼저 거절하는 법에 익숙해진 셈이다.

· 그냥 돈을 쓰고 싶다

심심함을 해소하려고 영화를 보거나 음악을 들을 수도 있지만 갑자기 돈을 쓰고 싶을 때가 있다. 통장 잔액이 여유롭다면 해로울 일은 아닌데, 이 소비 충동은 경제적 여유와 무관하게 찾아온다. 오히려 소비를 자제하려고 애쓰는 기간이 길어질수록 한 번씩 돌풍이 불어닥치곤 한다. 평소에 정말 갖고 싶던 물건을 홧김에 지르는 것이면 그나마 괜찮다. 그 물건에 대한 생각을 충분히 해왔기 때문에 당장은 곤궁해지더라도 물건에 대한 만족도는 높을 것이다. 그런데 별로 관심이 없던 물건, 예를 들어 우유 팩을 밀봉하는 전용 집게라든지 아이스크림 스쿱, 캐릭터 굿즈 같은 것들은 있어도 그만, 없어도 그만인 물건들이다. 재미로 돈을 쓰려거든 차라리 맛있는 것을 먹거나 유료 게임을 사서 신나게 노는 데 쓰면 조금 덜 불편하다. 하지만 필요도 없는 물건을 사면 내 실수의 증거를 보면서 함께 살아야 하니 여간 괴로운 일이 아닐 수 없다.

위와 같은 이유에 저렴하다는 조건이 추가로 붙으면 더는 버틸 수 없다. 저렴한 가격은 언제나 합리적 소비의 기준이 되진 않는다. 오히려 이성을 무너뜨리고 '실패해봤자 0원'이라는 감정적 선택을 하게 만드는 사악한 요소다. 싼값에 샀다가 쓴맛을 보는 사람이 어디 한둘이겠는가. 그러니 저렴한 물건일수록 정신을 똑바로 차려야 한다.

문구점이나 다이소 문 앞에 서면 비장하게 다짐한다. '필요한 것만 사자. 물건을 사는 일은 물건만큼의 공간을 잃는 일이다.' 마음속으로 이 두 문장을 되뇐다. 생활용품점은 생활에 필요한 물건을 산다는 핑계로 물욕을 해소하기는 쉽지만 계획하지 않은 소비를 하면 낭비한 금액이 얼마가 됐든 나중에 후회하기는 마찬가지다.

물건을 샀는데 써보고 마음에 들지 않으면 당혹스럽다. 환불이나 교환이 되는 물건이라면 다행인데, 이미 사용해서 상품 가치가 훼손된 물건이면 그것도 이렵다. 저렴한 물건의 함정이 여기 있다. 환불이나 교환에 대해 미리 생각하지 않고 물건을 고른다는 것. '마음에 안 들면 버리고 말지'라는 쉬운 마음으로 물건을 사더라도 잘못된 선택은 생각보다 큰 실망감을 안겨준다. 그리고 나중에는 물건이 아니라 그 물건을 선택한 나에게로 화살이 향한다. 뼈아픈 후회다.

한풀이 쇼핑의 말로

얼마 전에 '한풀이 쇼핑'을 했다. 이것저것 따져가며 물건을 사는 데에 질린 나는 '오늘만큼은 사고 싶은 걸 다 사보자'라는, 나로서는 꽤 파격적인 시도를 했다. 선택한 가게는 '플라잉 타이거 코펜하겐'이라는 소품 숍이었다. 각종 문구와 미술용품, 주방용품까지 종류가 많았다. 가격이 저렴해 장바구니 가득 담아봤자 3∼4만 원일 거란 계산도 있었다. 이 정도면 실패를 작정하고 갔다고 해도 과언은 아니다.

이것저것 담다가, 레몬 모양의 얼음이 만들어지는 얼음 틀을 샀다. 12개의 동그란 레몬 얼음이 만들어지는 데 3천 원. 오, 싸다. 그리고 예쁘다. 그런데 집에 와 사용해보니 이것은 그야말로 예쁜 쓰레기였다. 아무리 쇼핑을 위한 쇼핑이라 해도 뚜껑이 없는 얼음 틀을 2개나 사다니. 그날의 나는 진짜 나일까 의심이 들 정도였다.

뚜껑 없는 얼음 틀을 사용해본 사람은 알 것이다. 냉동실에 넣기 위해서는 얼음 틀의 면적만큼 다른 냉동 식품들을 치워야 한다는 것을. 완벽하게 수평을 유지하지 않으면 내용물이 쏟아지기 때문에 아무 데나 대충 얹어둘 수도 없다. 넣을 때는 또 얼마나 조심해야 하는지 매번 얼음을 얼리는 것도 노동이다. 후회되는 건 당연했다.

딱 두 번만 쓰자 다짐했다. 마시다 만 커피가 있어 커피 얼음을 얼려봤다. 그런데 뚜껑만 없는 게 아니고 틀이 묘하게 휘어져 있어 담는 양보다 흘리는 양이 더 많았다. 물을 담았을 때는 티가 나지 않았는데 색이 진한 음료를 담자 불안정한 상태가 적나라하게 드러났다. 마음속으로 피눈물을 흘리며 한 칸 한 칸 정성스레 따랐으나, 냉동실에 얼음 틀을 넣는 순간 수평을 잃고 커피를 쏟고 말았다. 다시 꺼내 커피를 채우고 고도의 집중력을 발휘해 냉동 칸에 넣었다. 얼음을 얼리는 게 이렇게 힘들 일인가?

그래도 계속 썼다. 음료를 마시기 전, 예쁜 레몬 모양의 얼음을 서너 개 올리고 잠시 감상한다. 한 번 쓰고,

다시 쓰고, 세 번째 쓸 때쯤에는 '쓸 만큼 썼다'는 생각이 들 줄 알았다. 그런데 막상 그렇게 되니 마음이 달라졌다. 얼음은 예뻤고, 노력을 들인 만큼 이 물건에 적응해버린 것이다. 나는 이제 내용물을 흘리지 않고 얼음을 얼릴 수 있게 되었고, 얼음 틀에서 쉽게 얼음을 분리하는 방법을 알고 있다. 얼음 틀을 포개어 얹을 때도 그에 맞는 집중력을 발휘하게 되었다. 잘못 산 얼음 틀에 조련당한 나를 보며 직감했다.

'또 못 버리겠구나.'

편한 것에만 적응하는 것도 경계할 일이지만 불편에 길드는 것도 바람직한 일은 아니다. '조금만 노력하면 쓸 수 있는데'라는 생각이 물건을 버리지 못하게 만든다. 뚜껑 없는 얼음 틀의 사용 횟수, 지금까지 6회. 본전은 다 했을지 모르지만 이제 나는 그것을 버릴 수 없게 되었다. 공을 들인 물건에는 정이 든다. 마치 단점을 알아도 갈라설 수 없는, 다정하지만 불편한 친구 같다.

잘못 산 물건은 더 있다. 동묘시장의 도자기 상점에서 구매한 청백색의 찻주전자도 그중 하나다. 가격은 만 원. 구름을 빚어놓은 듯 우아한 곡선과 은은하게 감도는 푸른색이 한눈에 봐도 아름다웠고, 인사동에서 쌓아놓고 파는 만 5천 원짜리 주전자보다 훨씬 튼튼해 보였다. 길게 고민하지 않고 샀다. 집에 돌아올 때까지는 '역시 보는 눈이 있다'며 스스로 감탄하기도 했다.

찻주전자에 묻은 먼지를 뽀득뽀득 씻고 처음 뜨거운 물을 부었을 때, 뭔가 잘못된 것을 깨달았다. 주전자에 물을 다 붓지도 않았는데 어느새 바닥에 물이 흥건했다. 물이 나오는 주둥이의 각도가 너무 낮아서, 기울이지 않아도 물이 흘러나오는 것이었다. 아, 괜히 미끼 상품이 아니구나. 그러고 보니 그 상점의 다른 도자기들은 모두 유리 진열장 안에 있는데, 이 주전자만 길바닥에 아무렇게나 놓여있었다. 의심하지 못하고 싼 맛에 샀다가 결국 쓴맛을 본 것이다.

제대로 된 찻주전자는 주둥이 끝이 뚜껑만큼 높다. 그동안 썼던 모든 주전자가 그랬기에 미처 예상하지 못했다. 하지만 주전자를 그대로 버리기는 너무 아까웠다. 유용하지 않아도 그저 곁에 두고 보고 싶은 물건들이 있는데, 이 주전자도 그랬다. 그래서 적극적으로 어디에 쓸지 생각해보았다. 홍차는 물을 충분히 담아 우려내야 하기에 적절하지 않고, 물을 추가로 부어서 마시는 허브티나 녹차, 겨울에 자주 마시는 민들레뿌리차를 우리는 데 사용하게 되었다. 물을 중간까지만 붓는 것으로 타협하고 매번 주의하면서 이 주전자에 억지로 적응해나갔다. 예뻐서일까? 예뻐서겠지! 그냥 장식품으로

두어도 될 텐데 사용할 수 있으니 됐다. 아직도 이 주전
자는 예쁘다. 그러니까 버릴 수 없다.

안목을 기르기 위한 과정일 뿐입니다

　　잘못 산 물건을 버리지 않고 애써 적응하는 것은 일종의 방어기제가 아닐까 생각한다. 그렇게 헛되이 돈을 쓴 건 아니라고 믿고 싶어서 버리지 않을 이유를 찾는 것이다. 잘못 산 물건 앞에 나는 너그러운 소비자가 되고, 물자를 아끼는 바람직한 시민이 된다. 물건이 좀 불편할 수도 있지, 어떻게 모든 게 내 마음대로 되겠는가. 허허 웃으며 해탈한 사람처럼 굴기도 한다. 물건을 잘못 사는 일은 한밤중에 치킨을 배달시켜 먹는 것처럼 하룻밤 후회로 끝나지 않고 그 물건과 함께 살아야 하는 결과를 낳기 때문에 뒤끝이 길다. 물건을 쓰는 동안 내 마음속에는 후회하는 나와 긍정하는 내가 계속 대결

한다. 내가 이렇게 비합리적인 소비를 하다니 낙담하다가도 그럴 만한 상황이나 이유가 있었을 거라고 편을 든다. 돈을 함부로 쓴 게 아닐까 후회하고는, 써봤자 그 돈이 그 돈이지 않으냐며 위안으로 삼는다. 5천 원이면 커피 한 잔 덜 마시면 된다고, 만 원이면 영화 한 편 덜 보면 된다고. 그런데도 실패한 듯한 기분이 들면 애써 생각을 바로잡는다. 아니, 물건 하나 잘못 산 걸로 실패 운운하면 앞으로 인생을 어떻게 살아갈 것이냐고.

억지 긍정인 것 같지만, 비관한다고 결과가 바뀌지는 않는다. 다른 관점으로 보자면, 물건을 잘못 사는 경험 없이 물건에 대한 안목을 기를 수 있을까? 이것만은 장담할 수 있다. 합리적 소비의 그늘에는 언제나 잘못 산 물건들이 있다. 나는 예전보다 입지 않을 옷을 사지 않을 것이고, 둘 곳이 생각나지 않는 장식품을 사지 않을 것이다. 필요하다면 뚜껑이 있는 얼음 틀을 살 것이고, 주둥이가 높은 찻주전자를 살 것이다.

소비에도 학습이 필요하다. 나에게 맞는 답을 찾기 위해 아마 나는 앞으로도 여러 번의 실수를 감당해야 할 것이다. 그렇게 생각하면 실수가 꼭 나쁜 것만은 아니다. 어차피 돈을 쓰고 물건을 사는 일은 죽을 때까지 해야 하는 일이니까.

좋아하지만 가질 수 없어
사랑하기 위해, 그냥 바라만 본다.

물건과의 썸만 30년

　물건을 파는 곳에 가면 사지 않을 물건들을 한참 구경한다. 어떨 때는 물건을 사기 위해 구경하는 것이 아니라 구경하기 위해 예의상 물건을 사는 것이 아닐까 싶을 정도로 열심이다. 판매하는 입장에서 보면 신경 쓰이는 손님일 수 있다. 매상에 그리 도움이 되지 않는 데다 물건을 들었다 놨다 하면. 그래서 꼭 사야 할 물건이 없으면 작은 가게에는 잘 들어가지 않으려고 한다. 점원의 수가 적을수록, 1인 사업장일 수록 접객에 있어 긴장하는 정도가 높아지기도 하니까. 그러다 보니 구경은 주로 마트나 대형 쇼핑몰에서 하게 되는데, 규모가 크다고 해서 볼 게 많고 재밌다는 보장은 없다. 거기서 시간을 보내는 게 다른 곳보다 불편하지 않을 뿐이다. 물건을 한번 보기 시작하면 하나하나 샅샅이 보기 때문에 시간이 오래 걸린다. 그래서 쇼핑몰이나 마트에 가는 날은 3~4시간 정도 넉넉하게 일정을 비워둔다. 아예 폐점 시간 1시간 전에 가서 시간제한을 두고 스스로 보는 속도를 재촉하기도 한다.

하지만 진짜 재미있는 구경은 마트나 쇼핑몰에서 할 수 없다. 내가 제일 좋아하는 가게는 지방 소도시의 재래시장 안에 있는 생활용품점이다. 생활용품점은 비슷비슷해 보이지만 재래시장 안에 있는 가게는 조금 다르다. 터를 잡은 지 오래되었거나 오가는 손님이 많아서인지 주인 대부분은 '살 놈은 사겠지, 구경하다 보면 하나는 사겠지' 하는 태도로 손님을 방목한다. 지금까지의 경험과 눈치로 미루어보건대 직원을 따로 고용하기보다 가족 사업으로 가게를 꾸리는 경우가 많은 것 같다. 그들은 업장이 아니라 마치 집에 앉아있는 것처럼 편안하게 텔레비전을 보고 음식을 먹고 담소를 나눈다. 이런 곳은 손님인 나도 부담 없이 물건을 구경할 수 있고, 궁금한 게 있으면 이것저것 물어볼 수도 있다. 단, 나는 이곳에서도 제한 시간을 30분으로 둔다. 그 시간 안에 값싼 물건(주로 소모품) 하나라도 기념으로 구매한다. 쇼핑이라기보다는 갤러리에서 유료 전시를 보는 것과 더 비슷하다. 기념품은 주로 손수건이다.

　재미있는 물건이 많은 가게는 겉모습부터 범상치 않다. 눈부신 핫핑크와 민트색의 플라스틱 바구니들이 겹겹이 쌓여있고, 정원용 물 호스가 돌돌 말려 문밖에 걸려있다. 열려있는 문 안으로 한 발 들어서면 마치 물건에 압도당하는 듯 눈앞이 어지럽지만, 정신을 차리고 보면 생각보다 정밀한 체계를 느낄 수 있다. 물건이 있어야 하는 위치에 있고, 주인은 무엇이 어디에 있는지 모두 파악하고 있다. 한 사람이 모든 것을 장악하고 있는 세계. 그 안에서 그들조차 가격을 깜빡 잊어버린 옛날 물건들을 발견하면 심장이 쿵쿵 뛴다. 공단 리본이 30개쯤 달린 90년대풍 티슈 케이스, 뒤집으면 돌고래가 빙글빙글 돌아가는 파란색 오일 시계, 시트지를 쓰지 않은 낡고 투박한 원목 거울, 점토공예로 빚은 꽃 장식 전등 같은 물건들…. 가끔 다른 지역, 다른 가게에서 예전에 본 것과 비슷한 물건을 발견하면 기억 속 풍경이 선명하게 떠오른다. 특별히 인상적이었던 가게가 몇 군데 있는데 그중에서도 전에 살던 원미동의 한 생활용품점은 얼마나 집중해서 보았던지 단 한 번 가보았을 뿐인데도 생생하다. 가파른 계단에는 플라스틱 발이 색깔별로 비스듬히 걸려있었고, 2층으로 올라가면 에어컨도 돌아가지 않아 정체된 공기가 느껴졌다. 가장 안쪽 벽에는 금사와 레이스로 장식된 냉장고 손잡이 커버와 자주색 장미 장식이 달린 밸런스 커튼(커튼의 봉이나 고리, 창 윗부분에 다는 짧은 커튼)이 걸려있었다. 나는 실컷 구경을 마친 후에 마블링이 들어간 초록색 커틀러리 세트 네 벌과, 천 원짜리 수초 장식을 샀다. '아직도 이런 걸 팔아?' 하며 감탄했던 오래된 장식품들은 아직 그 가게에 남아있을지도 모른다.

세련되고 간결한 미감을 자랑하는 물건들도 좋지만 이미 시대를 한참 보낸 뒤에 남은, 연차가 오래된 물건들의 조악한 모양새도 마음을 건드리는 구석이 있다. 그러나 그런 물건들은 열렬하게 구경하고 마음에 담을 뿐, 집으로 데려오게 되지는 않는다. 그 물건의 시간은 거기서 멈췄고 나는 잠시 그곳에 머물렀다 나온다. 그다음 다른 장소에서 또 다른 만남을 기대한다. 만남은 늘 새롭고, 늘 짜릿하다.

사지 않을 물건을 보는 게 이토록 재미있는 것은, 내 것이 아니기 때문이다. 매대 위에 진열된 물건은 아직 남의 물건이지만 어쩌면 내 물건이 될 수도 있는 경계에 있다. 내 것으로 할지, 아니면 두고 떠날지를 고민하는 동안 나 혼자서 물건과 썸을 타고 밀당을 한다. 나와 함께 집으로 온다면 나는 그 물건을 소유할 뿐 아니라 동시에 책임을 지게 된다. 눈에 띄는 곳에 자리를 정해주고, 그 쓰임이 다할 수 있도록 한다. 혹시 방치하더라도 장식이 될만한 곳에서 다른 장식과 나란히 먼지를 입게 될 것이다. 이러한 책임을 생각하면 물건을 쉽게 들일 수는 없다. 불쑥 마음에 들어 샀다가 많이 버린 다음에야 그 책임을 깨달았다. 좋아한다고 꼭 가질 필요는 없다. 비슷한 물건은 언제라도 비슷한 가게에서 찾을 수 있다. 가게를 떠나면 그곳을 잊는 것처럼 잊혀질 물건들이 대부분이고, 잊지 못하는 물건이라면 언제라도 다시 만날 수 있을 것이다. 세상은 빨리 변하지 않는다. 인연이 있다면 만날 것이다. 우연히 어느 곳에서라도.

입양은 신중히 합니다

우리 집에는 열 마리가 넘는 동물 인형이 있다. 뱀, 사자, 문어, 곰, 토끼, 여우, 양, 쥐, 코끼리, 흑표범…. 헤아리다 보니 이 정도면 새롭게 십이지신을 만들 수도 있겠다. 2018 평창 동계올림픽 마스코트인 수호랑도 둘이나 있다. 하나는 올림픽 당시 현장에서 직접 산 것이고, 하나는 당근마켓에서 반다비와 함께 커플로 구한 것이다.

인형을 마주했을 때 무언가 찌릿하고 통하는 듯한 감각을 느끼는 걸 '눈이 마주쳤다'고 말한다. 눈이 마주치면 외면할 수 없다. 집에 데려가야 한다. 서른세 살에 곰 인형 비에른과 눈이 마주친 뒤로 나는 인형에 특별한 애착을 갖게 되었다. 이후 차곡차곡 모은 인형이 어느새 열 마리를 넘었다. 요즘은 인형을 안고 자는 버릇이 생겼다. 어릴 때에도 없던 습관이다. 나의 잠 친구는 문어, 소파 친구는 곰돌이 '비에른'과 뱀 '샤샤', 책상 친구는 분홍 토끼 '마야'다. 침대 곁에 여기저기 굴러다니는 애들이 있는가 하면, 미니 컴포넌트 위에는 근엄하게 엎드려 있는 흑표범 '오드'가 있다. 이 인형들은 모두 내 인형이기도 하고, 동거인의 인형이기도 하다. 그래서 동거인과 나는 좋은 관계를 계속 유지해야 한다. 양육권 문제로 인형들이 혼란을 겪지 않도록 말이다.

이렇게 함께 사는 인형들을 생각하면, 새 인형을 사려고 마음을 먹기란 쉽지 않다. 식구가 늘고는 있지만 아주 느린 속도로, 천천히 늘어나는 이유다. 내게 인형은 쉽게 팔거나 버릴 수 있는 '물건'이 아니다. 인형에 투사하는 감정은 다른 물건보다 크고 깊다. 그래서 마음대로 사지 못한다.

너무 좋아해서, 사지 않기로 결심한 인형이 있다. 스무 살 무렵부터 사랑한 실바니안 패밀리Sylvanian Families 시리즈다. 나는 실바니안의 동물 인형과 미니어처 가구, 음식, 가게, 돌 하우스 시리즈를 하나도 빠짐없이 사랑한다. 이건 좀 별로인데, 하는 생각이 든 적은 한 번도 없다. 사지 않기로 결심한 것도 있지만 그중 하나를 고른다는 것이 더 의미 없게 느껴진다. 왜 골라야 하는가? 이토록 모든 것이 아름다운데. 마치 나도 모르는 내 마음속의 이상적인 동화를 현실에 구현해놓은 듯한 생김새다. 물론 모든 인형이 '엄마, 아빠, 딸, 아들'로 구성되어 있고 성역할이 엄격하게 구분되어 있다는 점이 구식이긴 하지만 가질 수 있는 인형이 아니므로 감정을 투사하지도 않는다. 진열장 너머로 가만히 바라볼 뿐이다.

예전에 실바니안의 미니어처 세트를 가진 적이 있었다. 스물두 살 즈음, 용돈을 모아 산 '숲속의 병원놀이' 세트와 '주방과 욕실' 세트가 그것이다. 실바니안은 일본에서 1985년에 출시된 이후 지금까지 북미와 유럽에서까지 꾸준한 인기를 누리고 있지만, 한국에서는 눈에 띄는 인기를 얻지는 못했던 것 같다. 오래된 완구점에서 '숲속의 병원놀이'를 발견한 때가 2002년 즈음이었는데, 아무도 거들떠보지 않았는지 상자에 먼지가 꽤 두껍게 앉아있었다. 완구점 사장님은 쿨하게 3만 원을 제시했고, 나는 같은 가격의 돌 하우스를 포기하고 세트 두 개를 구매했다. 정가보다 한참 아래였던 것으로 기억한다. 지금 그 세트는 중고가 5만 원이 넘는 가격에 팔린다. 실바니안을 정식 수입하던 국내 완구업체 지나월드는 마케팅이 부족했던 탓인지, 한창 인기였던 뽀로로와 포켓몬스터에 밀려서인지 별 소득을 못 보고 수입을 중

지했고, 몇 년이 흐른 뒤에야 실바니안은 대형마트 완구 코너에 다시 하나둘 들어오기 시작했다.

사귀던 사람과 헤어지고 나서 그의 집에 두었던 실바니안과 강제 이별해야 했던 나는 마트에 갈 때마다 '나도 이거 있었는데' 하면서 한참 그 자리를 맴돌았다. 다른 인형은 보지도 않고 한 바퀴를 돌고, 다시 돌아서 그 자리에 와 인형을 들여다보고, 어깨를 축 늘어뜨렸다. 플라스틱으로 만들어진 주제에 손으로 세공한 것처럼 섬세하고 정교했던 미니어처 가구들, 내 손가락에 잘 쥐어지지도 않는 작은 음료병과 채소들, 문을 여닫을 수 있는 귀여운 냉장고, 고전적인 느낌의 가스 오븐과 프라이팬, 작은 비누와 샴푸까지 전부 생생하다. 실바니안 인형의 몸체는 플라스틱이라 단단하지만 만지면 보송보송한 털의 결이 느껴진다. 내가 만져본 어떤 인형과도 감촉이 달랐고, 새까만 두 눈은 반짝반짝했다. 내 첫사랑이었던 밀크 토끼 인형을 처음 만졌을 때 그 감촉을 아직 기억한다.

이후 매년 늘어가는 실바니안의 인기는 마트에 진열되는 상품의 종류가 많아지는 것으로 짐작할 수 있었다. 지금은 대부분의 마트에 실바니안이 들어와 있고, 그중에서도 롯데마트의 완구 코너인 토이저러스에는 실바니안 시리즈 전용 매대가 생긴 지 오래다. 규모가 큰 마트에서는 가끔 실바니안 시리즈로 대형 전시품을 만들기도 한다. 돌 하우스와 미니어처를 좋아하는 사람이라면 놓칠 수 없는 구경거리다. 다 큰 어른이 장난감 진열장을 열중해서 들여다보고 있는 게 좀 우스울 수 있지만 나는 100% 진지하다. 마트에 갈 일이 있으면 실바니안을 보기 위해 완구 코너에 간다. 역시, 보기만 하고 사지는 않는다. 나는 그중 하나를 고를 생각이 없고 거기 있는 모든 실바니안을 구매할 생각도 없다. 그럴 돈도 없지만 있더라도 마찬가지다. 내가 생각하는 실바니안의 완전성은 내 머릿속에만 있다. 그리고 그것을 가졌을 때 내가 어땠는지 똑똑히 기억한다. 나는 사랑한다 말하면서 내내 상자째로 창고에 내버려두었다. 처음 포장을 뜯고 조립해 본 뒤로는 가지고 논 적이 한 번도 없었고, 따로 전시공간을 마련해 보기 좋게 진열해둘 의지도 없었다. 그것을 놓아둘 면적(부동산)이 없었던 것도 사실이지만, 아마 있었다 해도 나는 가진 것을 사랑하기보다 더 많은 실바니안을 놓아두기 위해 계속 새 시리즈를 사고, 또 사는 데만 집중했을 것이다.

지금은 그저 보는 것으로 만족한다. 진열된 상태로 인형을 감상하고, 패키지에 인쇄된 연출 사진을 본다. 밀크 토끼 가족이 자동차를 타고 있거나 캠핑을 하는 모습, 트리하우스에서 미끄럼틀을 타는 모습, 불이

들어오는 이층집 테라스에서 파티를 하는 모습을 본다. 집에서 나를 맞아주는 동물 인형들과는 다른 의미로 사랑스럽다. 그들은 늘 거기 있고, 앞으로도 거기 있을 것이다. 그것이 든든한 위안이자 기쁨이다. 언제든 내가 원하면 볼 수 있으나 내 것은 아니다. 언젠가 볼 수 없게 된다고 해도 많이 보았기 때문에 충분히 오래 기억할 것이다. 어느 것도 내 것이 아니기에, 지금도 열렬히 사랑할 수 있다.

모니터 뒤에 프로 구경꾼

    쇼핑을 하려면 나름의 적절한 핑계가 있어야 하지만 가끔 아무런 핑계도 없이 온라인에서 쇼핑 채널을 열어볼 때가 있다. 생각이 많아 지칠 때는 책이나 영화도 눈에 들어오지 않는다. 이럴 때 온라인 아이쇼핑은 잡스러운 생각을 잊기 아주 좋은 취미다. 온라인 쇼핑은 쇼윈도가 아니라 눈(eye)으로, 인터넷(i)으로 보는 것이니 아이쇼핑이라는 말이 꽤 적절하다.

    가상의 공간에는 긴장감이 없다. 오래 보아도 괜찮고, 손가락 터치만으로 다음 물건으로 빠르게 넘어갈 수 있다. 장르도 획획 자유자재로 바뀐다. 그릇을 한참 보다가 옷 구경으로 넘어가고, 오토바이를 구경하다 말고 부동산 사이트에 들어가 남이 올린 상가나 전셋집 사진을 구경한다. 상상 속에서 카페와 공방을 몇 번이나 열었는지 모른다. 매번 위치도 콘셉트도 다르다. 그뿐인가. 수백만 원짜리 명품 스카프의 도안과 색채에 침을 흘리다가, 어느 순간 50만 원짜리 전동공구 세트에 홀려 유튜브에서 동영상 후기를 한참 찾아본다. 현재 우리 집에 어울리지 않을 앤티크 가구나 자개농을 보며 장인의 솜씨에 경탄한다. 한 사람이 이렇게나 다른 물건을 동시에 원할 수 있다니. 참 신기하다.

나는 기꺼이 자본주의의 노예가 되어 모든 것을 탐하고 유령처럼 흔적 없이 온라인을 배회한다. 그 모든 구경을 마치고도 천 원 한 장 쓰지 않았을 때 정말 짜릿하다. 아이쇼핑을 하면서 쓴 시간이 낭비로 여겨지지 않는다. 오히려 돈을 들이지 않고 한참 재미를 본 기분이다.

좋아하면서 사지 않는 것이 인형뿐이겠는가. 정확히는 값비싼 위시 리스트를 마음껏 비울 수 있는 부자가 아니어서 '가질 수 없는' 물건이 더 많을 것이다. 물건을 갖거나 버리는 일에 생각이 많은 것도 재화가 부족해서 든 습관이다. 다행인 것은 내 경제력과 눈높이에도 충분히 아름다운 물건이 많다는 것이다. 물건을 고르는 안목이란 좋은 것을 알아보는 능력이자, 적당한 선에서 만족하는 결단력을 이르는 말이 아닐까. 물론 이 때문에 아이쇼핑을 하는 건 아니다. 당장 '가질 수 없는 물건'은 도처에 널려있다. 하지만 딱히 억울하거나 불행하다고 느끼지 않는다. 살아가는 데 필요한 것은 이미 다 가지고 있다고 여겨서일까.

마음은 변한다. 물건을 가져서 얻는 기쁨도 재화만큼 한정되어 있다. 새것에 반짝 눈이 갔다가도 쓰다 보면 다른 물건에 다시 관심이 돋는다. 어떤 물건을 변함없이 사랑한다 해도 한편으론 그 물건을 잃을까 두려워지는 법이다.

정말 아끼던 찻잔이 있었다. 1930년대 프랑스 리모주 빈티지 찻잔인데, 소서와 컵 1인 세트가 3만 원 정도였다. 홍차를 담으면 수작업으로 그린 꽃무늬가 떠올라 보였고, 치아만큼 얇은 컵을 기울이면 차의 향이 입안 가득 머금어졌다. 내가 느낀 즐거움에 비하면 그리 비싼 가격은 아니었다. 하지만 그 찻잔이 깨졌을 때의 충격은 꽤 오래갔다. 요즘에는 실수로 찻잔이나 그릇을 깨더라도 '오, 이제 새 걸 살 수 있겠군!' 하며 강제로 긍정하지만 이는 상실에 대한 방어일 뿐, 좋아하는 것을 잃는 감각은 아무래도 익숙해지지 않는다. 마음에 드는 찻잔은 더 있지만 자주 꺼내 쓰지 않는다. 온전히 보관하는 것보다 쓰다가 망가뜨리기도 하는 게 가치 있다고 생각하면서도, 그게 쉽지 않다. 아주 마음에 드는 것보다는 적당히 마음에 드는 물건들을 주로 쓰게 되는 이유다. 돈보다는 마음의 문제로 감당이 어려운 물건들, 쉽게 망가지거나 잃어버리는 게 걱정이면 아무리 좋아도 가질 수 없는 물건이 된다. 그런 물건이야말로 온라인 아이쇼핑에 제격이라고 할 수 있다.

　매일 가상의 공간에서 세상의 온갖 예쁜 것들을 본다. 원하기만 하면 한국이 아니라 어느 나라에도 갈 수 있다. 물건을 직접 만지고 누릴 수는 없지만 무엇이든 당장 갖지 않아도 괜찮다. 선택은 열려있다. 내가 아직 '구경 중'일 뿐이다.

선물, 가장 효과적인 물욕 해소법

당당하게 사고 싶다면 선물할 사람을 떠올리면 된다.
나중에 결국 내 것이 되더라도.

물욕과 선물 사이의 저울질

선물은 서로 간에 의미를 되새기는 이벤트다. 관계를 맺고 이어가는 데 선물이 꼭 필요한 건 아니지만 또다른 이야깃거리를 만들어준다는 점에서 새롭고 즐거운 일이다. 물론 선물은 어떤 면에서 일방적이고 이기적인 행위이기도 하다. 받을 사람의 입장을 아무리 생각해도 내 마음과 같을 수는 없고, 상대가 갖거나 체험하게 될 무엇을 내가 짐작해서 결정한다. 그러면서도 당연히 그가 나의 선물을 좋아하리라 기대하고, 혹시 마음에 들지 않더라도 눈앞에서 거부하지는 않으리라 믿는다.

좋아하는 이에게 줄 선물을 고르는 건 즐겁고 설레는 일이지만 당연히 '가는 것이 있으면 오는 것이 있어야 한다'는 계산 안에서는 즐기기 어렵다. 부담이 되기도 한다. 그래서 여러 핑계가 있어야 한다. 생일, 기념일, 승진 등의 축하할 만한 이벤트가 있다면 선물을 주고받는 게 서로 자연스럽다.

예전에는 선물을 받는 것이 마냥 즐겁지만은 않았다. 그가 나에게 1을 주면, 나도 1을 주거나 1.2는 주어야 한다는 의례적인 계산에서 벗어나기 어려웠다. 반대로 1을 받았는데 0.5를 주는 것도 부담스럽거나 모른 척하고 싶은 경우도 있기 마련이어서, 선물로 그 사람을 생각하는 내 애정의 크기가 고스란히 드러나는 것이 찜찜하고 불편했다. 결국 안 주고 안 받는 게 제일 편하다는 생각에 이르렀는데, 내가 좋아하는 사람에게 뭐든 주고 싶은 마음을 멈출 수 없다면, 상대가 나에게 주고 싶은 마음도 내 의사로 막을 수는 없을 것이다. 어떻게 보면 기념일이나 생일 등은 선물을 할 핑계에 지나지 않는다. 이런 핑계가 없으면 누구라도 부담을 느낄 수 있으니까.

간혹 상대와 합의 하에 정해진 물건을 주는 경우도 있다. 선물이지만 이타적인 거래라고도 할 수 있다. 관계가 동등할수록 여기에는 반대급부가 있다. '너 역시 내가 원하는 물건을 원하는 때 주어야 한다'는 것. 한번 거래가 성사되면 우리는 '필요한 것을 남의 돈으로 얻는' 거래의 짜릿함을 알게 된다. 자기 자신을 위해 선뜻 결정할 수 없는 무엇을 상대방이 대신 해주고, 나 역시 그를 위해 대신 결단을 내려주는 이타적인 동맹 관계를 맺는 것이다.

그러나 '이타적인 선물'은 내겐 재미가 없다. 받는 사람 마음에야 쏙 들겠지만 주는 사람 입장에서는 선물을 고를 권리(혹은 고뇌)를 박탈당한다. '당신이 무엇을 좋아할지' 생각하는 과정은 호락호락하지 않지만, 어차피 완벽한 선물이란 없다. 운이 따라야 한다. 아무리 좋은 선물도 그가 이미 갖고 있는 물건이면 소용이 없다. 그렇다고 그에게 "이거 가지고 있어? 안 갖고 있는 게 뭐야?" 하고 일일이 확인하는 것이 의미가 있을까. 선물은 신비로워야 한다. 혀끝에 녹아 사라져버리는 사탕 한 조각이라도 말이다. 이쯤 되면 받는 사람의 기호를 몰라도 문제, 너무 잘 알아도 문제다. 그래서 나는 직관을 믿는다. 내가 사고 싶은 것이나 강렬하게 끌리는 선물을 사는 수밖에 없다. 내가 원하는 걸 사면 이 넘치는 물욕을 해소하는 데에도 도움이 된다. 물론 가끔은 선물이 먼저인지 물욕이 먼저인지 헷갈리기도 하지만….

흥미롭게도 선물을 이용해 물욕을 해소하는 것이 나만의 비법은 아닌 것 같다. 가끔 내가 갖고 싶었던 것을 선물로 주는 사람이 있다. 그 마음을 헤아리면 선물이 더 좋아진다. 서로에 대한 관심 없이는 그 마음을 짐

작도 못 하겠지만 말이다. 좋아하는 사이에는 선물이 영
마음에 안 들기도 어렵고 어느 한구석이 빠지는 데가 있
어도 기쁘게 받아들일 수 있다. 선물은 단순한 물질이
아니라 애정을 담고 있는 동작이자 행위이기 때문이다.

　　　나는 선물을 고르면서 그에 대한 마음을 확인한
다. 선물에는 내 바람과 소망이 담긴다. 그러니 선물이
받는 사람만을 위한 것이라고 말할 수는 없다. 내 마음
이 닿기를 바랄 뿐.

좋은 선물의 조건

받는 사람은 안다. 선물에 담긴 상대의 관심과 정
성을. 꾸며내려고 해도 꾸며지지 않는 것이 관심과 정성
이기에 사랑한다면 반드시 좋은 선물을 할 수 있다. 우
정도 내가 생각하는 사랑의 범주에 들어간다. 관계의 양
상이 조금 다를 뿐이다. 친구는 동등한 관계이지만 완전
한 타인이고, 교집합이 있지만 직업과 세대, 관심사에서
다른 부분이 있다. 서로 다른 부분을 억지로 바꿀 필요
는 없다. 각자 다른 채로 살아간다. 가족과 애인이 서로
간의 간격을 점점 넓히거나 줄여가야 하는 관계라면, 친
구와의 거리는 늘 비슷비슷하다. 그래서일까. 친구끼리
주고받는 선물은 감정적 부담이 적은 편이다.

그에 비해 가족에게 하는 선물은 유난히 실패가 잦은 것 같다. 상대가 무얼 좋아하고 싫어하는지 어렴풋이 알고 있으면서도 자꾸만 고민이 깊어진다. 나는 선물조차도 가족에게 인정을 받고 싶은 걸까. 선물을 고를 때 괜히 무리하거나 평소의 나라면 사지 않을 물건을 사게 된다. 부담 때문에 선물을 거르다 보니 언제부터인가 선물을 안 주고 안 받는 건 가족끼리 자연스러운 일이 되었다.

이 일을 반면교사로 삼아, 선물을 고르는 부담을 느낄 때 생각을 고쳐먹곤 한다. 고민하던 것들을 완전히 지워버리고 처음부터 다시 시작한다. 받는 사람의 취향이 나와 비슷하다는 확신이 있다면, 내가 갖고 싶은 것을 사고 나의 물욕을 해소하면 된다. 그 사람도 좋아할 것이다. 하지만 나와 기호가 전혀 다른 사람이라면 무난한 선물을 하려는 마음도 내려놓아야 한다.

인터넷 검색창에 대상과 연령, 성별, 직업 등으로 검색한대도 제대로 된 답이 나오지는 않는다. 내가 선물하는 대상은 단 한 사람, 자기만의 취향을 가진 특정인이다. 무난함의 틀에서 벗어나지 못하겠다면, 희귀하기라도 해야 한다. 아무 때나 주변에서 쉽게 구할 수 있는 물건이면 주는 사람도 받는 사람도 형식적인 의미 외에 큰 감동을 얻기는 어렵다.

좋은 아이디어가 없을 땐 그 사람의 집을 떠올려본다. 벽이나 선반에는 어떤 장식이 있었는지, 식물이 많았는지 적었는지, 쿠션이나 침구의 색상과 패턴은 어떠했는지, 책장에 꽂혀있던 책들과 책상 위의 물건들을 생각해본다. 집에 가본 적이 없다면 평소 그가 어떤 옷을 주로 입고 다니고 휴대하는 물건은 어떤 것인지 생각한다. 그래도 모르겠으면, 그와 공유하고 있는 SNS 계정을 훑어본다. 거기에는 그 사람이 나에게 보이고 싶어 하는 일상, 그가 추구하는 미적 기준이 드러나 있을 테니까. 아이디어가 너무 많아 그중 하나를 결정해야 한다면, 나는 다음 항목을 생각해본다.

· 관심 있는 종류의 물건인가?
그가 나에게 주었던 선물을 떠올려보고 비슷한 계열의 물건을 고른다. 만약 그가 나에게 예쁜 그릇을 선물한 적이 있다면 나는 커틀러리나 테이블보, 찻잔 등으로 되돌려줄 수 있다. 평소의 관심사가 책이나 음반이었다면 그것도 괜찮다. 좋아하는 것은 언제나 부족하게 느껴지기 마련이니까. 오히려 음악이나 도서의 장르는 달라도 괜찮은 것 같다. 내 기호나 관점을 그대로 전해주는 것도 그에게는 새로운 경험이리라 믿는다. 끝까지 읽거나 듣지 않더라도.

· 수집하는 물건인가?

선물할 때 그 사람이 수집하는 분야의 물건은 피한
다. 가졌는지 여부를 미리 확인할 수 있더라도, 수
집하는 행위 그 자체의 재미를 느끼고 싶어 하는
이들도 있기 때문이다. 단, 본인이 원한다면 앞에
서 말한 '이타적인 거래' 단계로 들어간다.

· 새로운 취미가 있는가?

최근 관심을 두게 된 취미가 있다면 선물을 고르
기 쉽다. 진입한 지 얼마 안 되었다면 필연적으로
가진 것이 많지 않다. 애인이 플레이스테이션 4를
샀을 경우 이름난 게임 타이틀을 사줄 수 있다. 친
구가 갑자기 요리에 재미를 붙였다면 초보가 사지
않는 고급 오일 스프레이나 직접 갈아 먹는 덩어리
치즈를 선물할 수 있다. 타이밍을 잘 맞춘다면 서
로 부담스럽지 않으면서도 취미를 더 풍요롭게 만
들어줄 수 있다.

좋은 선물은 결과적으로 운이 따라야 하지만 계속
반복되면 그것은 실력이다. 먼 지역에 살고 있어서 몇
년에 한 번 겨우 얼굴을 보는 친구가 있다. 자주 연락을
하지도 않고 어쩌다 안부를 묻는 사이인데 어쩜 생일 때
마다 기가 막힌 선물을 보내온다. 상자를 열었을 때 나

에게 꼭 맞는 물건, 내가 평소에 갖고 싶던 그 물건이 내 앞에 놓여 있으면, 한숨이 절로 난다. '나는 졌다, 두 손 두 발 다 들었다'는 뜻이다. 나라는 캐릭터는 그에게 완벽하게 분석된 것이다. 그 짜릿함은 선물의 물성을 뛰어넘는다. 나도 이만큼 좋은 선물을 하고야 말겠다는 투지를 불태우면서 다음 그의 생일을 준비한다. 이렇게도 관계는 계속 이어진다.

여행이라는 핑계

　여행을 가면 수없이 많은 가게에 들른다. 물건 구경이 전체 여행의 50% 이상을 차지할 때도 있다. 그 지역 사람들의 생활상을 알아야 진정한 여행이라며 현지 가게들을 섭렵한다. 문구점은 문구점이라서 들어가봐야 하고, 쇼핑몰은 쇼핑몰이라서 들어가봐야 한다. 볼 만큼 봤다고 재래시장을 빼놓을 수 있나? 심지어 여행을 마치고 돌아가는 날 공항 면세점에서도 구경은 계속된다.

　전부터 탐을 냈던 물건이 아니라도 여행을 가면 마음이 열린다. 그곳을 벗어나면 그 물건을 그 가격에 살 수 없다는 데에 의미를 부여하고 불쑥 지갑을 연다. 의자나 유리로 된 조명같이 부피가 크고 이동하는 데 주의가 필요한 물건이면 쉽게 포기할 수 있지만, 가볍고 작은 물건에는 저항할 마음이 들지 않는다. 그렇게 사 모은 나무 수저가 열댓 개쯤 된다. 자연 소재로 된 컵 받침도 자주 사는 물건이다. 자수를 놓은 손바닥만 한 파우치, 그 지방 고유의 염색 방식이나 전통 문양을 이용한 패브릭도 많이 산다. 카페에서 플라스틱 빨대 사용이 금지되기 시작하면서는 여행 기념품으로 대나무 빨대를 사 모았다. 나한테 필요한 건 고작 2~3개였지만 지인들에게 선물하겠다는 이유로 10개나 샀다.

실용적인 물건에 돈을 낭비한다는 게 앞뒤가 안 맞는 것 같지만, 여행 기념품에 실용성까지 있으면 필요 이상으로 많은 양을 구매한다는 게 문제다. '한 개만 살까?' 하다가도 '친구들한테 선물해야지.' 생각하며 몇 개를 더 산다. 그리고 구해온 물건들을 그날 저녁 잠자리에 풀어놓고 감상한다. 이건 누굴 주고, 이건 누가 좋아하겠다며 마음껏 기뻐한다. 지출이 많았더라도 이건 선물이니까 낭비한 게 아니라고 정당화한다. 돈을 썼다기보다는 마치 수렵채집 노동과 같은 성취감을 느낀다.

선물로 산 물건들은 나중에 주인을 찾아가겠지만 물건을 구경하고 사는 동안 느낀 즐거움은 온전히 내 몫이다. 여행지에서 친구 한 사람, 한 사람을 떠올리면서 그가 반길만한 물건을 맞춤으로 골라보는 것도 재미있다. 다만 이 과정에 굳이 실용성을 따지는 것은 표면적인 목적이 선물이기 때문이다. 여행을 기념한 선물은 나에게나 의미 있는 것이지 여행에 동반하지 않은 이에게는 아무 의미도 없다. 여행 기념품으로 많이 사는 마그넷(냉장고 자석)도 선물을 할 때는 병따개 기능이라도 있는 것으로 고른다. 물론 이것도 결국은 내 것이 될 수 있다. 지인들이 알면 서운할지 모르겠지만 진짜 마음에 드는 물건은 남에게 주지 않는 편이다.

이럴 때 보면 친구가 많은 것은 죄책감 없이 물욕을 마음껏 표출할 수 있는 좋은 핑계다. 함께 여행을 갔던 친구가 시장 구경을 하다 말고 아쉬워하면서 "물건은 더 사고 싶은데, 친구가 부족해"라는 말을 했다. 나는 그 말에 적극 동감했다. 친구들에게 줄 선물을 다 사고 나면 마음껏 구경할 수가 없다. 그때부터는 쇼핑이 온전히 나만을 위한 것이다. 내가 생각하는 나는 '합리적인 소비를 하는 사람'이어야 하기 때문에 물욕을 부리는 자신을 깨닫는 것은 썩 달갑지 않다. 그러니 물욕이 많은 사람에게 친구가 많은 것은 쇼핑하기에 아주 좋은 구실이 될 수 있는 것이다.

나의 물욕을 해소하면서 받는 사람에게도 좋은
여행 선물은 어떤 것이 있을까?

· 관리하기 쉬울 것
장식용 천이나 쿠션커버, 손수건 등을 산다면 세탁
과 관리가 편한 면제품이 좋고, 염색 천이라면 세
탁 시에 이염이 되지 않는지 미리 확인한다. 나무
나 풀 같은 자연 소재의 물건일 때는 벌레나 곰팡
이가 잘 생기지 않게 처리가 된 것을 산다.

· 모양새가 흔하지 않고 보기 좋을 것
실용적인 소모품이라면 겉모양을 신경 쓰지 않
아도 괜찮지만 보기에 너무 익숙한 물건은 선물
로써 큰 가치가 없다. 그 지역에서만 구할 수 있
는 자연 재료로 만든 물건을 추천한다. 자연 소재
는 인테리어와 상관없이 어느 집에든 무난하게
어울린다.

· 미니멀리스트에게는 식품과 소모품을 선물할 것
물건이 늘어나는 것에 스트레스를 받는 미니멀리
스트에게는 물건보다는 지역 특산품, 식품이나 주
류 등을 선물한다(이 핑계가 있으면 본인이 술을
마시지 않아도 주류 판매대를 구경하다가 예쁜 병

에 든 술이나 귀여운 미니어처 양주를 사게 될 수 있다).

여행 선물은 되도록 시기를 놓치지 말아야 한다. 여행 이후에 빨리 선물하지 않으면 괜한 욕심을 부리며 하나씩 꺼내 쓰거나 물건에 대한 생각이 바뀌어서 선물하지 못하는 일도 종종 생긴다. 전자의 경우는 그래도 내가 쓰고 있으니 물자 낭비라고 할 순 없지만, 후자는 포장도 풀지 못한 채 재고가 된다. 캄보디아에서 산 대나무 빨대만 해도 몇 달째 주방 수납 장에 그대로 들어 있다. 대나무 빨대를 쓰기 시작했을 때에는 스스로 '환경보호에 신경 쓰는 자연 친화적 인간'이라는 자아도취에 빠졌지만, 지금은 빨대를 쓰지 않는 데에 익숙해졌다. 대나무 빨대는 젖으면 나무 냄새가 진해져 물을 마시는 데 방해가 됐고 쓰고 나면 뜨거운 물로 소독해 바짝 말리는 뒤처리가 필요했다. '빨대는 위대한 발명품이지만 인간에게만 이롭고 지구에는 이롭지 않은 물건이다'라는 결론을 내렸으면서 친구들에게 대나무 빨대를 선물하는 건 앞뒤가 맞지 않았다. 생각난 김에 나눔을 하거나 중고로 팔아야겠다.

만남과 헤어짐의 미학

언젠가는 만나고, 또 언젠가는 헤어진다.

물건과의 운명적인 만남

　나름대로 절약은 하고 있지만 가진 것으로만 따지면 이미 나는 물건 부자라고 할 수 있다. 생활에 필요한 물건만큼 필요 없는 물건도 많이 가지고 있다. 열심히 쓰고 있는 물건만 있는 게 아니라 언제 쓰일지 모르는 물건들도 한자리를 차지하고 있다는 말이다.

　당장 눈에 띄는 물건들만 해도 그렇다. 책장 위에 놓인 꽃병은 꽃을 담은 지 한참 됐고, 그 옆의 원목 오르골은 평소에 잊고 지내다가 가끔 한 번씩 태엽을 감아보는 것이다. 현관 앞 신발장 위에 놓인 탁상시계는 바늘이 멈춘 지 벌써 한 달이 지났다. 시간을 확인할 때 그 시계를 보는 사람은 없다. 쓰지 않지만 여전히 내 것인 물건들이 사방에서 나를 지켜보고 있다. "언제 쓸 거야?" 하고 묻는 것도 같다.

반전이라고 한다면, 이 물건들에게 미안한 감정은 전혀 들지 않는다는 것이다. 열심히 쓰지 않아도 나는 이 물건들을 사랑한다. 어디에도 버릴 생각이 없다. 내가 산 가격의 두 배를 준대도 절대 팔지 않을 것이다. 우리 만남은 우연이 아니었고, 아직은 헤어질 때가 아니다.

짙은 올리브색 유약이 마블링을 그리고 있는 저 도자기 꽃병은 태국 치앙마이에서 한 달간 지낼 때 숙소에 두었던 것이다. 조명도 켜지지 않은 동네 가게에 쭈그려 앉아 한참을 고민해 골랐었다. 묵은 먼지를 씻어내고 분홍색 장미와 서양란을 담았는데, 바라볼 때마다 그 아름다움에 흠뻑 취했다. 꽃병은 3천 원, 꽃은 한 아름에 만 원 남짓이었으니 사계절 꽃이 피는 나라에서나 누릴 수 있는 호사였다.

현관 앞의 탁상시계는 동묘시장에서 만 원에 구매한 빈티지 시계다. 투명한 아크릴 뚜껑 안에 뒤집은 U자 모양의 금빛 프레임이 경쾌하면서도 멋스럽다. 시계 브랜드로 유서 깊은 일본 시티즌CITIZEN 사의 로고가 박혀있는데, 가벼운 플라스틱 소재에 메탈 코팅을 한 것으로 봐서 본래 가격도 5만 원이 넘지 않는 저가 상품인 듯하다. 뭐, 어쨌든 예쁘다. 바닥 부분의 전지는 남아 있어서 금빛 추를 얹은 둥근 회전판이 빙글빙글 열심히 돌아가는 중이다. 왈츠를 추는 것처럼 리드미컬하고 생동감이 넘친다.

생각난 김에 오르골도 자랑해본다. 이 오르골은 미니어처 대관람차 모형으로, 대만 우더풀 라이프Wooderful Life 제품이다. 태엽을 감으면 쇼팽Chopin의 「녹턴 2번Nocturne in E-flat Major, Op. 9 No. 2」의 주 멜로디가 흘러나오며 대관람차가 돌아간다. 도토리처럼 귀여운 나무 대관람차 안에 작은 사람들이 타고 있는 상상을 하면 마음이 설레어 간질간질하다.

이것들은 모두 살아가는 데 큰 도움이 되지는 않지만 재미있게 사는 데에는 확실히 도움을 주는 내 취향의 물건들이다. 나는 이런 물건에 약한 심장을 가졌고, 그 만남을 과하게 운명적으로 해석하는 경향이 있다.

비싸고 예쁜 물건은 많다. 모든 사람이 가질 수 없을 뿐이다. 싸고 흔한 물건은 구하기 쉬운 대신 필연적으로 마감이 부실하다. 물건과의 만남을 나의 운명이라고 결론짓는 것은 그 미묘한 경계선을 넘어 '이걸 사겠다'고 마음먹기까지 여러 계단을 올라서야 하기 때문이다. 가성비라는 말로는 설명할 수 없다. 결국 취향을 휘어잡는 것은 한 끗 차이이고, 특별한 기능보다 개인적인 감상이나 주변 상황에 치우치기 마련이다.

없어도 괜찮지만 있으면 더 즐거운 어떤 물건. 복잡한 내 마음의 회로를 통과해 전기가 짜르르 통하고 마는 어떤 물건. 마주치기 전에는 설명할 길이 없지만 첫눈에 반할 그 어떤 물건을, 나는 또다시 만나게 될 것이다. 언젠가 아주 운명적으로.

물건을 버려야 할 때

한 글자 한 글자 또박또박 마음을 적어 내려간 편지, 색색의 펜으로 노래 가사와 시를 적은 우정 일기, 표지에 애틋한 마음을 적어 건넨 아르튀르 랭보의 시선집. 더 이상 나에게 없는 물건들이다. 옛날에 버린 물건들이 가끔 떠오른다. 그러면 마음 한구석이 애잔하면서도, 지금 여기 없어 다행이라는 생각도 든다. 어차피 나는 과거를 제대로 기억하지 않을 것이고, 그들이 준 물건도 옛날만큼 아끼지 못할 것이 분명하다.

이별은 낯설고 외로운 여정이다. 이유가 무엇이든. 이별의 고통에서 벗어나기 위해 많은 일들을 하지만 나는 항상 물건을 정리하는 게 첫 번째 일이었다. 잊고 싶으면 과감히 버리고, 간직하고 싶다면 상하지 않을 곳으로 고이 옮겨둔다. 이별을 겪는 동안에는 감정적이고 결연해지는 터라, 물건을 대하는 자세도 평소와는 사뭇 다르다. 과하게 분노하기도 하고, 쓸데없이 미련을 갖기도 한다. 사이가 가까울수록 물건에 대한 감정도 깊고 관계가 변하면 물건의 운명도 좌우된다.

　　오래 사귄 애인과 이별했을 때, 나는 앨범을 꺼내 추억이 담긴 사진들을 모두 골라냈다. 그중에서도 그가 나온 것만 따로 모아 우편으로 돌려보냈고, 그도 나와 똑같이 했다. 8년이라는, 인생에서 연애한 시간만 깔끔하게 도려낼 수는 없었다. 그에게도 그것은 단지 연애의 기억만이 아닌 20대의 일부였을 것이다.

　　연인이 아닌 친구와의 이별은 대부분 연락이 소원해져 멀어지는 쪽이었지만 딱 한 번 '당신과의 인연을 접겠다'라는 선언을 한 적이 있다. 그때 나는 그 사람이 보낸 모든 메일을 삭제하는 것으로 절교의 서막을 열었다. 얼마간은 그 사람과 연관된 물건만 보아도 소스라치게 놀랐고, 관계를 유지하기 위해 눌러두었던 안 좋은 기억들이 새록새록 떠올랐다. 하지만 기억을 완전히 버릴 수 없으니 물건이라도 버리고, 사람이라도 멀리하는 것밖에 방법이 없었다.

　　물건을 버리는 것은 나 자신과의 관계를 청산하는 일이기도 하다. 물건과 함께 나의 습관과 그에 얽힌 기

억도 함께 버리는 것이다. 삶의 과오로 느껴지는 모든
것, 급기야는 나 자신을 버리겠다고 마음먹었을 때, 문
득 이런 생각이 들었다.

　　'내가 죽어도 내 물건들은 남겠구나.'

　　스물세 살에 자살을 결심한 적이 있다. 10대 때 방
치했던 우울증이 20대에 이르자 더 심각해졌고, 생각
은 안으로만 파고들어 나를 계속 할퀴었다. 사는 게 정
말 귀찮았다. 남들 앞에서 멀쩡한척하기는 더 힘들었다.
살아봤자 좋은 일이라곤 없는 듯 느껴졌다(이럴 땐 빨
리 병원에 가야 합니다). 죽기로 마음먹고 나서 가장 먼
저 한 일은 '내 물건'을 버리는 일이었다. 가족에게서 물
려받은 물건들은 애초에 나의 것이 아니었으니 예외로
두고, 그동안 취미로 모았던 그림엽서나 사진, 친구들에
게서 받은 편지와 일기들, 직접 쓴 소설과 다이어리 같
은 물건들을 정리해나갔다. 눈물을 훔치며 하나씩 불태
웠다면 꽤 낭만적인 그림이었겠지만 그럴 여건은 안 되
었다. 타인의 눈에 띄지 않으면서 쉽게 정리하는 방법은
아파트 쓰레기장에 가서 직접 버리는 것이었다. 당시의
감정을 떠올려보면 오히려 마음이 편안하고 차분했던
것 같다. 빈 서랍과 책상을 보면서 좀 후련하기도 했다.
　　그때는 나라는 사람이 살았다는 증거를 인멸하고

싫었다. 떠난 사람을 잊는 것은 남겨진 사람의 몫이라 내가 어쩔 수 없는 일인 것을 알면서도 그랬다. 애초에 죽은 다음의 일을 미리 생각했다는 점에서 나는 자살이 불가능한 사람이었을지도 모른다. 계획은 허무하게 실패했지만, 물건을 처분한 것은 내 삶에서 하나의 전환점이 되었다. 이미 버린 것들은 되돌릴 수 없었고, 외면하고 싶던 기억들도 점차 희미해져 갔다. 나를 오랫동안 괴롭혀왔던 증거들을 인멸하는 것은 어느 정도 성공한 셈이었다.

완벽주의에 시달리는 사람은 만족스럽지 않은 과거를 열심히 잊고 버려야 한다. 완벽주의자들의 최고 약점인 수치심이란 것이 서툴고 부족한 자신을 끝없이 되새기게 하면서 앞으로 나아가는 것을 가로막기 때문이다. 무엇을 해도 완벽주의가 요구하는 허영을 채울 수는 없다. 우리가 늘 고민하는 인간관계도 마찬가지다. 유지하는 것이 버겁다면 과감히 정리하는 것도 어쩌면 필요하다. 모두에게 좋은 사람이 될 수는 없다. 사람 사이의 일이니 물건을 버리는 것만큼 관계 정리가 쉽지는 않지만, 버린다는 행위가 주는 '암시'에 잠시나마 속아보는 것도 나쁘지 않다는 생각이 든다.

소중한 물건은 기록한다

    넘치는 물욕을 느낄 때, 그 욕망이 늘 달갑지는 않지만 한편으로는 다행이라고 느낀다. '이런 게 갖고 싶은 걸 보니 인생이 살만한가 보네.' 하는 생각이 드는 것이다. 우울증이 심했던 때를 돌이켜 보면, 주로 먹거나 놀거나 마시거나 당장의 유흥을 위해서만 돈을 썼다. 지금처럼 물건 구경에 정신을 팔거나 어떤 물건을 사기 위해 돈을 모으고 싶은 마음도 없었다. 나에게는 오직 '지금'만이 존재했다. 떠날 생각을 하며 사는 사람에게 물건이 다 무슨 소용일까. 물건을 가지려고 애쓰는 것도 내일을 생각하는 사람에게 가능한 일이다.

이제 나는 다분히 미래를 꿈꾸고, 원하는 것과 원하지 않는 것에 대해 진지하게 고민한다. 그럴 수 있어 다행이다. 물욕은 삶에 대한 욕망과 겹치는 면이 있다. 나 자신이 소중해진 뒤에야 물건에도 애정이 생겼다. '내가' 산 물건, '내가' 고른 물건, '내가' 사용한 물건들에 의미를 부여하면서 삶은 확장되어 갔다. 내가 흔적을 남긴 물건들은 곧 나라는 사람의 조각이 되었다. 지금처럼 물건에 관한 생각을 글로 쓰고 기록하는 것도 그만한 애정을 품고 있기 때문이다.

기록하는 것은 물건을 소유하는 또 다른 방식이다. 기록을 하고 나면 그 물건을 실물로 갖고 있지 않아도 괜찮은 기분이 된다. 좋아하지만 사용하지 않을 물건들은 글을 쓰거나, 영상을 찍거나, 그림으로 그린 다음 팔거나 선물하거나 기부한다. 기록을 하고 나면 물건 자체에는 미련이 들지 않는다.

어차피 물건을 영원히 가질 수는 없다. 내가 영원하지도, 물건이 영원하지도 않다. 물건에 대한 내 마음이야말로 언제 사라질지 모른다. 나는 충분히 많은 물건을 가졌지만, 앞으로도 갖고 싶은 물건은 계속 생겨날 것이다. 무언가를 얻거나 버릴 때에 특별한 의미를 두려고 노력할 뿐이다.

얼마 전, 갖고 있던 손목시계를 수리해서 중고로 팔았다. 8천 원짜리 중고 시계를 직접 폴리싱(긁힌 자국을 없애고 광을 내기 위한 연마 작업)하고 배터리 2개, 시곗줄을 바꾸어 만 원에 팔았으니 추가 비용이 두 배는 되는 셈이지만 아깝지 않았다. 당장 사용할 사람에게 돌아갔으니 시계는 새 인생을 맞이한 셈이고, 나는 그 손목시계의 모든 것을 들여다보고 만져보았기 때문이다. 갖고 있는 동안 충분히 누리면 더 이상 내 수중에 없더라도 갖고 있는 것처럼 느껴진다. 그래서 아끼는 물건은 기록으로 남겨둔다. 물건에 할애한 마음과 시간을 증거로 보존하는 것이다.

이미 나를 떠나갔거나 앞으로 나를 떠나갈 물건들에게 안심하라고 얘기해주고 싶다. 나는 기억하고 있고, 어떤 식으로든 기록으로 남겨둘 것이다. 함께했던 나의 반려 물건에 대한 애틋한 마음의 표시라고나 할까.

반려물건

웬만하면 버리지 못하는 물건 애착 라이프

초판 1쇄 인쇄 2020년 5월 19일
초판 1쇄 발행 2020년 5월 25일

지은이   모호연
펴낸이   이준경
편집장   이찬희
총괄부장   강혜정
편집   이가람, 김아영
디자인팀장 정미정
디자인   정명희
마케팅   정재은
펴낸곳   지콜론북

출판 등록   2011년 1월 6일 제406-2011-000003호
주소   경기도 파주시 문발로 242 파주출판도시 (주)영진미디어
전화   031-955-4955
팩스   031-955-4959
홈페이지   www.gcolon.co.kr
트위터   @g_colon
페이스북   /gcolonbook
인스타그램   @g_colonbook

ISBN   978-89-98656-97-3 03810
값   11,500원

이 도서의 국립중앙도서관 출판시도서목록 (CIP)은
서지정보유통지원시스템 홈페이지 (http://seoji.nl.go.kr)와
국가자료공동목록시스템 (http://www.nl.go.kr/kolisnet)에서 이용하실 수 있습니다.
(CIP제어번호 : CIP2020020157)

잘못된 책은 구입한 곳에서 교환해 드립니다.
지콜론북은 예술과 문화, 일상의 소통을 꿈꾸는 ㈜영진미디어의 출판 브랜드입니다.